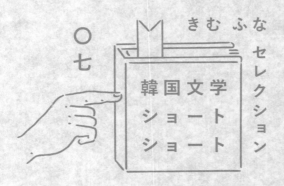

きむ ふな セレクション

韓国文学ショートショート

〇七

静かな事件

ペク・スリン 著

李聖和 訳

題名はワシリー・カンディンスキーの絵画
「静かな事件（Évènement doux）」（一九二八）から採った。

死んだ猫を初めて見たのは、私が数えで十八から十九になる冬のことだった。その年の冬はやけに雪が少なかった。ふすま雪。霰(あられ)。ささめ雪。国語辞典で雪を表す色々な単語を見つけるたびに、私は雪が降るのを心待ちにしながらノートに書き写し、退屈な冬をやり過ごしていた。私たち家族がソウルに移り住んでから三年近くが経とうとしていた。珍しく雪でも降った日には真っ白に雪化粧する古びた家並みや、路地の入り口で死んでいたあの猫は、もうこの世のどこにも残っていない。しかし、それらは確かに存在していた。正式な行政区域名は別にあったが、ソウルに上京した私たちが初めて住んだその町を、地元の人たちは塩峠(ソグムコゲ)と呼んでいた。昔、塩商人が峠のふもとの渡船場から塩を担いで運んだために塩峠と呼ばれるという説もあったが、急勾配の坂を上るうちに服の裾に塩をふくほど大量の汗をかいたのでそう名付けられたという説のほうを、地元の子どもたちは信じていた。とはいえ、実際に子どもたちがそう信じていたかどうか、確かめる術(すべ)はない。その町で私が友だちと呼べたのはヘジとム

ホがほぼ全てで、二人に教わったとおり、今でもそう信じているだけだ。
　塩峠に住んでいた頃のことを、ヘジとムホを抜きにして語ることはできないだろう。二人は突然引っ越してきた私とは違い、幼い頃からその町で育った。同じ路地をおむつ一枚で走り回り、同じ小学校を卒業した。中学校は共学ではなかったから別々だったけれど、二人のあいだには幼馴染ならではの親密さがあった。それは、時間をかけて築かれるものがたいていそうであるように揺るぎないもので、私が入り込む隙などなく、私は三人でいるときも時折孤独を感じた。かといって、二人に仲間外れにされたり、距離を置かれたりしたわけでは決してない。むしろその逆だ。二人は新しい生活に馴染めなかった私を優しく迎え入れてくれた数少ない友だちだった。私は中学時代最後の一年をヘジと登下校しながら過ごした。ヘジのお母さんは、初めは私にあまり関心がなかったが、私が転校してきた学期の中間テストで学年三位になってからは、うって変わって好意的に接するようになった。振り返ってみると、あの町の人たちのほとんどが私たち家族に対して、そんなふうに接していたように思う。初めの頃はよそ者だからと私たち家族を警戒していた人々の態度は、私たち家族のことを知るにつれ次第に友好的に、しかしやや距離を置いたような礼儀正しいものへと変わっていった。

〇〇四

「それはね、あんたの家族って、ちょっとあり、いそうだからよ」

ヘジはいつかそう言っていた。何が「ありそう」なのかははっきりとはわからなかったが、なんとなく想像はできた。その町で毎朝通りをほうきで掃き、几帳面にゴミを分別し、週末には田舎からもってきた古いレコードプレーヤーでポップソングを聴くのは、うちの両親しかいなかった。その町でスーツを着て出勤していたのは父だけで、近所のおばさんたちの中で高校を出た人は母しかいなかった。母は急な坂道を上り下りしながら市場へ出かけるたびに、しみができるのを気にして日傘を上品にさしていた。母は日傘を三本持っていた。多いというほどではないにしても、それは少なくもない本数だ。母はその日の服装や気分、空模様によって日傘を使い分けた。その町でそんなことをするのはうちの母だけだった。だから、近所の人たちが私たちに異質なものを感じていたのも、ある意味当然なのだ。素振りこそ見せなかったが、私たち家族ら自分たちがこの土地柄とは合わないということを、誰よりもよくわかっていた。

つまり、塩峠は私が今まで暮らしていたところとはまるで違っていた。引っ越しの日、父が運転する車の後部座席でうとうとしながら目を開けると、うちの旧型のエラ

〇〇五

ントラはくねくねと曲がりくねった狭い坂道をいかにもつらそうに登っていた。窓の外には、古く粗末な平屋が軒を連ねている風景が見えた。「お母さん、ここがソウルなの？」想像していたソウルの姿とあまりにかけ離れていたため、私は驚きのあまり目を丸くした。車はしばらく坂道を上ってから止まった。母が先に門を開けて中へ入ったので、私は路地奥の、青緑色の門扉がついた家が私たちの新居だという事実を受け入れなければならなかった。季節は春の訪れを感じる三月中旬で、いつになく晴れ渡った日だった。眩しい日差しの中、ペンキが剥げた塀と、尻を丸出しにして所かまわず用を足す子どもたちの小便跡がいたるところで乾きかけている通りは、悲しくなるほどみすぼらしかった。私は、中身が割れないようにトラックには積まずソウルまで自分で持ってきた段ボール箱を抱えたまま、両親に続いておそるおそる門の中へと足を運んだ。気のせいか、家に入るやいなや下水の匂いが鼻をついた。どこからともなく猫の鳴き声が聞こえてきた。やがて私たちの後からついてきたトラックが家の前に到着し、引っ越し屋が家財道具を狭く古びた家の中へ少しずつ運び入れても、私はこの家にこれから住まなければならないということをまだ信じられずにいた。そこは、前に住んでいたところとは比べ物にならないほど小さな一軒家で、部屋が二つに

〇〇六

居間が一つという間取りだったが、居間は床の形が台形になっており、その床ですら寝室に入りきらない母の桐だんすでほとんど隠れてしまった。ソファは置き場所がなくて、結局捨てることになった。黄ばんだトイレの洗面台、水垢がついた床のタイルを目にした瞬間、私は田舎で住んでいた家が恋しくなり涙が出そうになった。

「再開発されるからだよ」

その夜、荷解きもそこそこにまだ物が散乱している部屋へ入り、到底納得できない表情で、なぜこんな家に住まなければならないのかと聞く私を屋上に連れて上がった父は、そう説明した。

「あそこに何が見える」

父が西側の丘の上を指さした。

「マンション」

私は家族で住んでいた田舎のマンションを思い出しながら不愛想に答えた。

＊1【エラントラ】 一九九〇年代初めに韓国でベストセラーとなったHyundaiの小型セダン。「アバンテ」の前身モデル。

〇〇七

「そうだ。あれは全部マンションだ。前に住んでいたマンションより何倍も高級なマンションさ。もうじきこの辺にもあんなマンションが建つだろう」

父はその晩、その一帯はかつて塩峠のようなタルトンネ*3だったが、近年の不良住宅再開発事業でマンションの建設が進み、塩峠だけが取り残されているのだと私に説明した。ソウルのマンションは高すぎて、お前が持ってる金じゃチョンセ*4が精一杯だろう、いっそのこと再開発される地域に引っ越したらどうだという友人のチョおじさんの言葉が、父には一理あると思えた。それで両親は不動産に詳しいチョおじさんのアドバイスどおりソウルに引っ越し、廃れゆく町の、廃れゆく一軒家を買ったのだ。

「長くて一年か二年だ」

父はそう言った。

「それまで大変だろうが、家族で力を合わせて乗り切ろう」

丘の向こうにびっしりとそびえ立つ高層マンションの整然と並んだ窓一つひとつに、透明な明かりが灯っていた。いつだったか私も会ったことのあるチョおじさんも、かつてこんな家を買い、ソウルでマンションを三戸も持つ金持ちになった。父は平気な顔で一年か二年と言ったが、私は耐える自信がなかった。でもお父さんの言うことは

〇〇八

いつも正しいもんね。私はそう思った。父の後についてとぼとぼと屋上から降りてくる途中、階段を照らすために前の住人が取り付けた裸電球に、カゲロウが何匹も力なくぶつかっては落ちていった。
「とにかく、お前は今までどおり勉強さえ一生懸命していればいいんだ。あとは父さんと母さんがなんとかするから。ソウルに来たのも全てはお前のためなんだからな」
 父は部屋に入ろうとする私の背中に向かって、こう念を押すのを忘れなかった。部屋に入り田舎で使っていた布団の慣れ親しんだ匂いをかぎながら眠りにつこうとしたが、なかなか寝つけなかった。その日、父と母が夜遅くまで家の隅々で荷物を片付ける小さな物音を、私は布団の中で聞いていた。

*2【タルトンネ】韓国語で「月の町」。山の斜面や丘の上などにある貧民街を指す言葉。
*3【不良住宅再開発事業】一九六〇〜八〇年代の韓国の経済成長を背景に、ソウルでは人口増加に伴う住宅供給のため急速に都市化が進んだ。特に一九八〇年以降は、アジア競技大会(一九八六年)、ソウル五輪(一九八八年)の開催を機に、大規模マンションの建設と不良・老朽住宅の再開発事業が一気に加速し、この時期に多くのタルトンネが姿を消した。
*4【チョンセ】家賃を払う代わりに契約時に一定の保証金を家主に預け、契約終了時に全額返される韓国独特の賃貸制度。

〇〇九

転校先の学校は、私の住む町とマンション群の中間あたりに位置していた。そのため学校の生徒も、近所の子どもとマンションに住む子どもと、ちょうど半分ずつくらいに分かれていた。新しい学校に登校する前、両親はどうせならマンションに住む子どもと仲良くしなさいと何度も私に言い聞かせた。しかし、そんなことが言えるのも、彼らが一度も転校した経験がないからだということがすぐにわかった。転校生にはそもそも友だちを選ぶ権利などないということを、両親は知る由もなかったのだ。

転校生として初めて教卓の前に立ったその瞬間、一斉に自分に向けられた八十個の瞳。憶測をめぐらせ評価を下し、どのグループに分類すべきか判断するために素早く品定めするようなその視線を、長い歳月が経った今でも覚えている。転校初日、私は自分が、教室の床に唾を吐き捨てる約半数の子どもたちに違和感を覚える残り半数の子どもたちに近いと感じた。でも、同じロゴのリュックを背負い、死に物狂いで勉強するのは馬鹿らしいと言わんばかりに授業中居眠りしながらも、家では家庭教師をつけて勉強していたその子たちは、私が自分たちとは違うことをすぐに見抜いた。クラスメイトは一見平和に共存しているかのように見えたが、水の成分が異なるために、白い

〇一〇

川と黒い川が合流してもそれぞれの色を保ったまま流れるという南アメリカの川の水のように、互いに交わることはなかった。幸い勉強が取り柄だった私は、転校した直後の中間テストでそれが証明されたため、マンション組と友だち付き合いすることができた。それでも、私はマンションの生徒たちと一緒に家庭教師のグループ指導を受けることはできなかった。何より、その子どもたちと私は家へ帰る方向が違った。

もし転校先にヘジがいなかったら、新しい生活はもっと暗鬱だっただろう。でも、他所からやってきた私に警戒の眼差しを向けるだけだった子どもたちの中にヘジがいてくれたおかげで、私は少しずつ新しい環境に馴染むことができた。ヘジと仲良くなれたのは、どのグループにも入れぬまま立ち往生していた私を友達にしてくれたのは彼女だけだったからだ。ヘジは、学校では目立たずむしろ静かなほうだったが、一歩学校の外に出ると、口数が増え活発になった。ソウルの土地勘が全くなかった私を、近所の大学前のファストフード店や映画館などに連れていってくれたのもヘジだった。うちの中学に隣接する男子中学に通うムホと三人で遊ぶ日も多かった。初めて出会ったとき、ムホは私とやっと同じくらいの背丈で痩せた体に可愛い顔つきをしていたので、同年代の男子というより弟のような感じだった。それにお姉さんが三人もいて、

〇一一

生理用ナプキンを買いにやらされたりしながら育ったからか、ムホは女の子と遊ぶのが好きだった。ムホは近所の他の男子とは違って私をからかったりもしなかったし、何より私の前では汚い言葉を使わなかった。私たちはしょっちゅう一緒に遊ぶようになった。ただ、ヘジやムホとは違い、私は学校の前の補習塾に通っていたから、二人が遊んでいるところへ後から合流する形だったけれど。

ヘジと二人、またはムホも一緒に三人で夕方遅くまで遊んだ後、日が暮れる頃になって家路につくため急な坂を上がってごみごみした路地に差しかかると、私たちは決まってどこかに隠れていたノラ猫に出くわした。そこには、実におびただしい数のノラ猫が住んでいた。猫は路上に停めてある車の下に潜り込んで横たわっていたり、無断で捨てられた黒いゴミ袋の周りをうろつき、人が通ると驚いて一目散に逃げていったりした。

あれはヘジと仲良くなってまだ間もない頃、ある夕方の帰り道のことだったと思う。私が見た奇妙な風景について、ヘジに話したのは。それは、町の入り口の空き地で、あるおじさんがたくさんの猫に囲まれていたという話だった。そのおじさんは小柄で、無精ひげが伸びていたせいか、ずいぶん人相が悪かった。うちの父よりも歳を取って

〇一二

いるように見えたが、実際どうなのかはわからない。ヘジはその人をよく知っていた。そのおじさんはムホの家のある路地の住人で、昔大きな事故で家族を全員亡くして以来、近所の猫を探し歩いてはエサを与えるようになったのだという。その町に住むあいだ、私はその後もしばしば猫おじさん——私たちはいつも彼をそう呼んでいた——に遭遇した。私は、五四、六四、十匹もいる汚い猫が特有の匂いを放ちながら一か所に集まっている風景や、酒に酔ったようにいつも血走った目をしているおじさんが怖かった。でもヘジは全く怖くないのか、私と一緒にいても猫おじさんに会うと近所のほかの子どもたちと同じように近づいていった。お使いでおじさんにチヂミやおかずを持っていくときもあったが、たいていは、トラ猫や腹と口の周りが白く背中が黒い猫を撫でながら、ほかの猫がおじさんにもらったエサを食べる姿をしゃがんで眺めていた。ただ黙って。私はそこには近寄れず、ヘジやおじさんの足に毛を擦りつけながら悠々と歩く猫の姿を、遠くから見守っていた。エサを食べ終わった猫たちがどこかに行ってしまうと、ヘジも私のところへ戻ってきた。おじさんも、例のごとくこともなげに空のエサ袋を持って、暗い路地の中へと消えていった。

私は塩峠の生活に少しずつ馴染んでいったが、猫おじさんのように最後まで苦手な

〇一三

ものもあった。昼夜を問わず聞こえてくる発情期の猫の鳴き声や、薄い壁越しに聞こえる、隣の老人が痰を吐く音、大音量のテレビの音などがそうだ。なぜ私にこんな仕打ちをするの。ねえ、どうして……！ と叫んでいたドラマのヒロインたち。あの頃のドラマでは、貧乏な男が司法試験に合格した後、裕福な家の女と付き合うために恋人を捨てるといったストーリーがお決まりだった。父と母は、私がヘジと仲良くすることを好ましく思わなかったが、変わらず上位の成績を保っていたため、面と向かって文句は言わなかった。両親は私を有名私立高校に入れるためにソウルに来たんだと、繰り返し強調した。お前は将来立派な人になるんだ。そんな言葉が足の裏にガムのようにこびりついて、歩くたびにベタベタと音がするような気がした。両親に口止めされていたため、再開発目当てで塩峠にやってきたということは誰にも話さなかった。季節が変わっても、私たちが待ちわびていた再開発の知らせは聞こえてこなかった。しかし、父も母もそう簡単には動じない性格だったので、毎朝変わらず路地をほうきで掃き続けた。猫が毎晩ゴミ袋を漁っていくせいで、早朝の路地はゴミが散乱していた。母は、猫を見かけるたびに、そして、どこからともなく赤ん坊の泣き声のような猫の鳴き声が聞こえてくるたびに、なんて不吉な動物なの、と言った。そのたび

〇一四

に母は忌々しげに顔をしかめて身震いしたから、私もつられて身震いするのだった。
だんだん暑くなり、騒音よりも耐え難いのは悪臭であることを私は知った。騒音は窓を閉めればある程度まぎれたが、臭いは窓を閉めても隙間から入り込んできた。あの町には、かつて住んでいた場所では嗅いだこともないような、あらゆる匂いが漂っていた。バキュームカーが通るたびに鼻をつく悪臭や猫のふん尿の臭い、何よりも、いたるところに捨てられた生ゴミの腐敗臭がいつも充満していた。私たち家族はうだるような暑さの中、窓を開けることもできず扇風機で夏をしのいだ。母は家のあちこちに芳香剤を置いた。私は、マンションの子どもたちが私の体からこの町の匂いをかぎつけるのではないかと心配になった。

夏のあいだ、悪臭はひどくなる一方だった。猛暑と大雨が繰り返されますます腐敗が進んだ。雨が続いたある週末、蒸し風呂のような居間にお膳を出して家族で夕食をとっていたところ、母が父に引っ越ししてはどうかと切り出した。再開発の話もいっこうに聞こえてこないし、この家をチョンセに出して、借金してでも、ほかの町で新しく家を借りたほうがいいのではないかという話だった。

「子どもにはやっぱり教育環境が大事だし」

〇一五

母が汗を拭きながら私のほうを一瞥した。私は悪いことをしたわけでもないのに、なぜかそうしないといけない気がして小さくなってうつむいた。

「うむ……」

運動靴の中敷きが生乾きの匂いを放つ居間の真ん中で、父がうなるように深いため息をついた。

　その頃、母が私の教育環境を心配しだしたのには理由があった。自分と同じくらいの成績の子と無理に付き合うことにすっかり気疲れしてしまった私は、ヘジと過ごす日がだんだんと多くなっていった。ヘジがうちに来ることも、私がヘジの家に行くこともあったが、ビールで髪を脱色しようとしたところを母に見つかり叱られてからは、ヘジの家で遊ぶことが多くなった。ヘジの家について今でも鮮明に覚えているのは、私たちが玄関のドアを開けるまで家の中を覆っていた暗闇と、鼻をつくようなカビくさい臭いだ。ヘジのお父さんが何の仕事をしていたかは今もわからないが、わずかに開いた部屋のドアの隙間からランニングシャツ姿のおじさんが横向きに寝ている姿をよく目にした。ヘジのお母さんが家にいるのは週末だけだった。初めは、うちの母とは違ってしゃがれ声で、聞いたこともないやらしい冗談をあけっぴろげに口

〇一六

にするヘジのお母さんが、実は少し怖かった。でも、大柄な体でピチピチの花柄のTシャツを着るのを好み、何よりもヘジとそっくりな顔の彼女のことを私は好きになった。とにかく、ヘジの家は理解に苦しむ趣味の家具や日用品で足の踏み場もなかった。家もうちよりずっと狭かったのでヘジの部屋もなく、私たちの居場所は屋上だけだった。私たちははしごで屋上へ上り、テントを張ってその中でラジオを聴いた。タランタランタラン。軽快なテーマ曲に続いてDJの声が流れ出すと、私たちはテントに並んで寝転がった。都市ガスが通っていないヘジの家の屋上には大きなLPGボンベがいくつも並び、その横に立てられた棒には洗濯ひもが張られていた。ヘジは気にしていないようだったが、私は恥ずかしげもなく風になびく下着を見ると気まずくなり目をそらした。すっかり色あせてよれよれになったブラジャーとパンツ。ひんやりとした地べたに寝そべって好きな歌手の歌を聴いているあいだ、テントの上には洗濯物の影が踊っていた。

　ある日、その狭いテントの中でヘジが私の眉毛を整えてくれた。「ほら、目つぶって」ヘジに言われて私は素直に目を閉じた。ヘジは私の眉を水で濡らし石鹸をぬった。目を閉じているせいか、石鹸の人工的な杏の匂いが一層際立つようだった。「はじめ

〇一七

るよ」ヘジが言うと、私はまぶたを一層固く閉じた。あの頃、ヘジには私以外にも昔から仲の良い友だちがたくさんいたが、私にはヘジが外の世界のすべてだった。ショリショリと音をたてながら顔の上をすべっていくカミソリの感触。そのときの私には、眉の形が変になったり傷がついたらどうしようなどといった不安はこれっぽっちもなかった。愛に飢えた幼い子どものように、盲目的に、私はヘジを信じた。ヘジの手がとても慎重に私の額の上で曲線を描くように動くのを感じながら。「はい、できあがり」ヘジが鏡を見せてくれた。その中には、ヘジと全く同じ眉の私がいた。その日の夜、私ははしごで屋上から下りてくると、猫のいる路地を抜け、家に帰るやいなやそれまで開けずにいた最後の引っ越し荷物のガムテープをはがした。そして、田舎の友だちがくれた陶器の人形や小さな花瓶、プラスチックの写真立てなど、何の使い道もないが当時の私には美しく見えたものを取り出して部屋に飾った。

ヘジにとって自分は、彼女の人生のほんの一部分に過ぎないのかもしれないと思うと、悲しい気持ちになったりしたものだった。ヘジには地元の友だちもたくさんいて、特に男子のあいだで人気があった。ヘジと一緒に町を歩いていると、私たちより二、三歳くらい年上の高校生がヘジの側にやってきてちょっかいを出したり、着色料

〇一八

たっぷりのアイスクリームなんかをおごってくれることもしばしばだった。母は、私がヘジを付けまわす男子と付き合うのではないかといつもはらはらしていた。しかし、それが取り越し苦労であることは、当時中学生だった私でもわかった。私などまったく彼らの眼中になかったのだから。男子といるだけでもじもじして緊張していた私とは違って、ヘジは男子とも気さくに接した。ほかの男子といるときとは別人のように、ムホの前ではまったく人見知りをしない私に向かって、「あんた、ムホのこと好きなんでしょ」とヘジが冷やかしたのもそのためだ。

ほかの男子を連れてくることもあったが、ムホは私たちのところにたいていひとりでやってきた。ヘジの家にムホが来ると、どこかに遊びに行くようなお金もなかったので、私たちはよく坂道を下って舗装道路を渡り陸橋まで歩いていった。薔薇、白鳥といった名前の看板がかかっているだけで窓ひとつないさびれた安スナックの前をくすくす笑いながら通り過ぎると、陸橋が見えてくる。陸橋に行っても私たちにはこれといってやることはなかった。陸橋を越えると、かつてコミュニティバスの車庫として使われていた空き地があった。そこは草が伸び放題で大きなアカシアの木が生い茂っており、腰の高さまで伸びたヒメジョオンと背の高いヒマワリが順に花を咲かせ

〇一九

る小さな丘があった。私たちは今は使われていないその場所にたどり着くと、適当に座って真面目な話をした。家族のことや将来のこと、ほとんどがそんな話だったと思う。私はそこで、何に使われていたかはわからないが、そのときすでに崩れ落ちていた塀を平均台代わりにして歩くのが好きだった。そんなに高い塀ではなかったけれど、バランスをとるために両腕を広げて歩きながら、定住者のいない国にだけ停まる汽車について空想したりもした。狭い塀の上をおぼつかない足取りで行き来しながら私は、たいてい二人の話をただ聞いていた。たまに家族について聞かれれば、自分が話をすることもあった。私は、父が貧しい田舎の生まれで、五人兄妹の長男として弟や妹のためにどんな犠牲をはらってきたかを話すのが好きだった。父は音楽が大好きでギター奏者になるのが夢だったが、家計を助けるため、自らその夢を諦めた。私はそんな父が誇らしかった。父の話題になったときは、私はいつも嬉しくなって普段に比べずいぶん大きな声で話していた気がする。私が父をどんなに好きかを。そして、父が聞こえたとおりにハングルで書いてくれた英語の歌詞を見ながらジム・リーヴスやジョン・デンバーの歌をレコードに合わせて二人で歌った思い出や、音楽の実技テストに備えて、ソーソーミファソーと、リコーダーの吹き方を教わったことを。私は父

が大声で怒鳴ったり、悪態をついたりする姿を見たことがなかった。父は雨の日も雪の日も、毎月末の土曜日には祖母と祖父の家に行き脚をマッサージしてあげたり、豚カルビなどをご馳走するときは赤身だけハサミで切り離して食べやすいように取り分けてあげる、そんな人だった。
「危ないから降りてきなってば」
　よろめきながら歩く私に向かって二人が叫び続けると、私はしぶしぶといった体で草むらに座っている二人の隣に腰をおろした。草むらに座るとたちまちお尻が湿った。ヘジとムホは卒業後、それぞれ手に職をつけるための専門学校へ進む予定だった。ヘジは美容技術を学び、ムホは整備士になると言っていた。いつか海外のファッションショーのランウェイを歩くモデルだけを担当するヘアデザイナーになるだの、ドイツの有名企業の自動車を設計するだの、夕焼けに照らされほんのり赤くなった顔で二人が語る未来は、どれも途方もない夢だった。二人の描く夢がシャボン玉のように大きく膨らむにつれ、おかしなことに私はだんだんと不安になっていったのだが、その原因が何なのか、当時は自分でもわからなかった。普通高校、それも名門大学の合格率が高い私立高校を目指して受験勉強をしていたのは私だけだったから、私は二人が夢

〇二一

を語るあいだ、無言で周りに生えている猫じゃらしをむしっていた。私が初めてタバコを吸ったのは、そんな日々が続いたある日のことだった。「深呼吸するみたいに一気に吸い込んで」二人に背中を押され、私はタバコをくわえたままうっと息を吸い込んだ。タバコの煙が体の中を通ると、気道、そして肺が熱くなった。私がゲホゲホと咳こむ姿を見て、二人は手をたたきながら笑った。

 もし成績が下がっていたなら、両親はなんとしてでも引っ越ししようとしていたはずだ。でも私は立派な人になりなさいという親の言いつけを忘れず、幸い成績も落ちなかった。学校でヘジが机に突っ伏して寝ているあいだ、私は真面目に勉強し校則をやぶることもなかった。色んな理由があったにもかかわらず、マンション組の子どもが私をあからさまに無視しなかったのも、成績が良かったからだ。私はマンション組には安堵したが、そう思うたびに裏切り者になったかのような感情に襲われた。そして、ヘジがもう少し勉強をしていたらこんな思いをしなくてもよかったのにと思うと腹が立った。父は、与えられた環境に打ち勝とうとせず現状に甘んじるのは間違いだといつも私に言っていた。

〇二二

再開発の噂が町でささやかれ始めたのは、翌年の春頃だった。その話が具体化するにつれ町の雰囲気は少しずつ変わっていった。両親は、私たちの住む町が一日でも早く取り壊されることを望んでいたし、それが当然だと考えていた。それでも両親はほうきで道を掃き、住人が通りかかれば会釈をした。私は、うちの中学の卒業生の中でも少数だけが進学できた川向こうの私立高校に入学すると、また少し口数が減った。家の近所まではスクールバスが運行しておらず、他の子よりも早起きしてスクールバスの停留所まで路線バスに乗っていかなければならないせいで、なおさら疲れた。夜間自律学習*5が終わった後、バスを乗り継いで夜遅く帰宅する日が多かったため、ヘジと会える時間も自然と減っていった。たまに体調不良を言い訳に早退することもあったが、そういうときに限って、ヘジは家にいなかったりした。そんなふうに家に早く帰ってもひとりで過ごす日は、引っ越してきたとき、父が私にマンション群を見せて

*5【夜間自律学習】 主に高校で正規授業が終わった後、夜まで教室に残って自習をする韓国の学習制度。

〇二三

くれたあの屋上にしゃがみこみ、沈みゆく夕陽からまっすぐに伸びた光の筋が、さびれた路地や古びた壁を、まるでしみだらけの老人の顔をなでるようにやさしく包む光景を眺めていた。すると町は、その手の動きに合わせてうとうとまどろむ疲れた老人のように、深いしわが刻まれたまぶたをゆっくりと閉じた。夕陽が沈むと、大気に残っていた温もりも老人の最期の息づかいのようにゆっくりと冷めた。体が冷え切ってそれ以上座っていられなくなると、私は曲げていた脚を伸ばして立ちあがった。みすぼらしい路地が、なぜ陽が沈む直前のあのわずかな時間だけはうっとりするほどに美しいのか、あのときの私にはその理由がわからなかった。ただ、その風景を黙って眺めているあいだ、胸の中にうずまく寂しさと言い知れない孤独が甘やかで切なく、ただ泣きたくなった。

　再開発推進委員会が設立され、町の人々は再開発が損か得か議論し始めた。町は再開発賛成派と反対派に分かれた。再開発に反対する住人は、会議場となったムホの家で毎週火曜の夜に対策会議を開いた。法外に高い追加分担金をまかなえない人たちは再開発に反対した。「同意率が低ければ再開発組合の設立が白紙になるかもしれないってさ」。久しぶりに会ったムホがこう言った。「うん」。暗い路地の片隅で猫おじ

〇二四

さんが置いていったエサを無心に食べる猫を見ながら、私とヘジはうなずいた。ヘジの家族は家を賃借りしていたため同意せざるを得なかった。

月日は足早に過ぎていった。

ムホはもう私よりかなり背が高く、肩幅も以前の倍くらい広くなっていた。それでも、笑うときはまだ子どものようなあどけなさが残っていた。ムホがある女の子と一緒に近所の空き家から乱れた服のまま出てきたという噂を聞いたこともあったし、実際にそういうことがあった可能性が高いということもわかっていたが、私は気に留めなかった。ムホは少なくとも私といるときは前のように無邪気だったし、それだけで十分だった。三人に共通点はなかったが、相変わらず私たちは車庫の跡地に座って、たわいない話をしながらタバコを吸ったりしていた。

いつだったか、ヘジかムホのどちらかが私に向かって、あんたはいい大学に行って金持ちになるんだろうね、というようなことを言った。私の前でそんな話をするのは初めてだった。ヘジは会うたびに、学校で習った美容技術やマネキンのかつらをカットすることがどれほど難しいかなどについて話した。ムホは私たちと一緒にいることもあったが、いないときのほうが多かった。

〇二五

もう一度年が変わり私が十八歳になると、引っ越す家がぽつぽつ出始めた。ヘジ一家は早い時期に去った。「急に家主の家族が住むことにしたからって、契約を延長してくれないんだってさ」。ヘジは平然を装い、リップグロスを塗りながらこう言った。「再開発されるってのに、私たちに居座られちゃたまらないと思ったんだろうね」。夜遅くに下校していた私をムホがバス停まで迎えにくると言ったのは、ヘジの引っ越しが決まってから間もない九月のことだった。ムホが私を迎えにきたのはそれが初めてだった。そのためだろうか。ひと気のないバス停にひとりで立っているムホを見たとき、私は妙な胸の高鳴りを感じた。私たちはずいぶん久しぶりに二人きりで坂道を上った。「いったい何が入ってるんだ。こんな重いカバン持ってたら背が伸びないぞ」ムホが私のカバンをひょいと持ちあげ、自分の肩にかけた。その瞬間、もうムホは私よりずっと背が高いのだという実感がわいた。ジムに通いベンチプレスで体を鍛えているとは聞いていたが、ムホの腕は前よりはるかに太くなっていた。ムホが男の体を持っているという事実に、改めて驚いた。そしてどういうわけか、ムホと乱れた服のまま空き家から出てきたという女の子がどんな顔をしているのか気になった。私たち

〇二六

は学校での出来事や、その頃話題だったハリウッド映画について話したが、共通の話題はこれといってなかった。私もムホも、路地のあちこちに掲げられた赤いのぼりを目にしたが、あえて見えないふりをしていた。その頃、再開発賛成派と反対派の軋轢は次第にエスカレートしていった。急な階段を無言で上がっていくと、闇に包まれた空き地が見えた。「そういえば、最近猫おじさん見かけないわね」。ムホは猫おじさんを数日前に見たと言った。おじさんは猫を見捨てるわけにはいかないと、再開発に反対しているということだった。「この前なんか、猫を皆殺しにしてやるっておじさんを脅迫した連中がいたそうだぞ」。ムホが語気を荒げて言った。「ここで一番無力なおじさん相手に腹いせをしてるんだろうよ」。再開発の賛成派が、反対派の店や家を訪ねては脅しをかけ暴れまわっているという噂は私も耳にしたことがあった。私たちはまた無言で歩いた。ムホの息づかいがすぐそばで聞こえた。「ここで大丈夫。じゃあね」。「いや、家まで送るよ」。角を曲がると、二匹の子猫が驚いて奥へ逃げていった。そしてついに家の前に着いたとき、外灯の下でムホが言いにくそうに口を開いた。ヘジが引っ越す前に告白したいから私に手伝ってほしいと。

そしてその週の土曜の夜、私はムホに頼まれたとおり、ヘジをバスの車庫の跡地に

〇二七

連れ出した。ヘジは、こんなに寒くて暗い場所に何の用かとずっとぶつぶつ言っていた。記憶が正しければ、その日ヘジはオレンジ色のセーターを着ていた。くたびれたアンゴラのセーターにひざの出たジャージのズボンをはいて、何が待ち受けているかも知らずに私に連れられるままに坂を下っていったヘジ。葉っぱを落とし始めたアカシアの木の後ろから、ムホがロウソクの代わりにパーティー用の花火をさしたケーキを持って現れると、ヘジは、何よこれ、と叫び、みるみるうちに顔を真っ赤に染めて大笑いした。私はそのとき初めて、自分はムホのことを好きだったのかもしれないと気づいた。違うかな。好きというのとは違っていたのかな。あるいは、私たち三人の関係の軸が一方に傾いてしまったことを悟った瞬間に感じた虚しさのせいで、そう思い込んだだけかもしれない。でもともかく、その瞬間だけは、生クリームを塗りたくったケーキの上で火花を散らす花火と、その向こうで揺らめくムホの嬉しそうな顔を見ながら、本当はムホのことが少しばかり好きだったのかもしれないと思った。と同時に、もしそうだとしても、私とムホの人生が交わる時間はあまりにも短く、私たちは数年もしないうちに完全に別々の道を歩むことになり、これ以上私たちの人生が重なることはないということを、私はずっと前からわかっていたのだとも思った。

〇二八

「俺と付き合わないか」。今や大人になったムホが恥ずかしそうに言った。「いいわよ」。ヘジが顔を赤らめてうなずいた。私は観客役が板についた役者のように拍手をした。拍手を送られた二人は照れくさそうに私を見て笑った。そして三人で笑った。群青色に染まった闇の中で、花火はパチパチと勢いよく燃え、火花は地に落ちるとすぐに消えた。

時折あの場所を通ることがある。かつて陸橋があり、窓のない安スナックが軒を連ねていた通りは、今はもう高層ビルに覆われ跡形もなくなった。私たち一家はショベルカーが空き家を取り壊す前に引っ越し、私はその後しばらくあの地域に足を運ぶことはなかった。猫おじさんのようについには追い出されるようにして去っていったあの町のほとんどの人が、今どこでどんなふうに暮らしているか、私は知らない。それでも、バスの乗り換えのために、今は空港鉄道が走っているその通りを歩いていると、ずいぶん昔のことなのに、記憶の一場面がふと思い出された。たとえば、死んだ猫を初めて見た日のことが。

そしてヘジは引っ越していった。私たちはしょっちゅう電話で話したまに会うこ

〇二九

ともあったが、次第に会わなくなっていくような気がしていた。ムホと二人で会うことはあの日以来なかった。雪が滅多に降らない地方で育った私は雪が降るのを毎日待ち望んでいたが、その年の冬は全くといっていいほど雪が降らなかった。シベリアから南下した寒気団の影響で肌を突きさすような寒波だけが続いた。冬になると同じブランドのチェック柄のマフラーを一斉に首に巻き、冬休みにはシンガポールやカナダへ語学留学し、何よりも、夜間自律学習などをやっても無駄だというようにこっそり抜けだしてさぼるくせにいつも成績は私よりもいい子たちに囲まれているうち、私は勉強に対する興味を失っていた。外国の小説や雑誌、さらには国語辞典まで、活字に飢えた人のようにどんな本でも片っ端から手に取り、最初から最後まで読み始めたのはそのためだった。何かを読んでいるときだけは誰とも話さずに済んだし、時間が瞬く間に過ぎた。私にはそれがよかった。その日も、日曜だったが学校の図書室にこもってジェイムズ・ジョイスやウジェーヌ・イヨネスコの本などを意味もよくわからないままに読み、家路についたときだったと思う。凍てつくような寒さに背中を丸くして坂道を上っていたところ、どこからか騒がしい声が聞こえてきた。

「ケンカよ」

誰かが叫んだ。私は怖いながらも好奇心に駆られ、声のするほうへ向かった。灯油屋の前にはすでに人だかりができていた。私は時々このときのことを後悔した。行かなければよかったのに。でも私は怖いもの見たさに、自分の前に群がっているおばさんたちの肩と肩のあいだに顔を突っ込み覗きこんだ。そして、そこで殴られているおじさんの姿を見たのだ。
「あの人たちが猫に毒を食べさせたらしい」
野次馬の中の誰かがささやいた。若い男連中によって地面に殴り飛ばされた猫おじさんは、そのたびに腰を伸ばしむくりと起き上がった。私は怖かった。おじさんが死んでしまうのではないかと。いつも目が血走っていたせいで怖かったおじさんの顔が、いっそう醜くゆがんでいた。殴っていた男たちはもう切り上げようとしているように見えたが、おじさんは立ち去ろうとする彼らに何度も飛びかかっては、また殴られた。どうして誰も止めないんだろう。私はもどかしさのあまり周りを見渡した。顔をしかめて見物しているのはほとんどがおばさんやおばあさんで、男は小さい子どもだけだった。猫おじさんがしきりに何かを叫んだ。悲鳴ではなく何か言葉を発したのは確かだったが、発音が不明瞭で聞き取ることはできなかった。私はふいに父を思い

〇三一

浮かべた。父なら、どうにかしてこの事態を解決してくれるはずだ。私は踵(きびす)を返して走った。いつもの道を迂回して家まで走った。自分がこんなに速く走れることをそのときまで知らなかった。家の近くの曲がり角に差し掛かると、そこには本当に死んだ猫がいた。うちの家の前をよくうろついていた猫、口の周りだけ星の形に白い毛が生えていたので星とヘジが呼んでいたあの猫だ。死んだ猫を見たのはそれが初めてだった。猫は四肢をぴんと上に伸ばし、ひっくり返ったままコンクリートの路地で息絶えていた。目を見開いて冷たく硬直していた猫。私はカバンから鍵を取り出した。鍵が鍵穴になかなか入らず、初めて自分が震えていることに気づいた。

「お父さん、お父さん」

家に入ると一気に暖かい空気に包まれた。

声が相当うわずっていたに違いない。父と母が何事かと慌てて出てきたのだから。

「お父さん、お父さん。猫おじさんが殴られてるの」

その後の詳しいことは覚えていない。多分、私は泣きながら父に自分が目撃した光景について説明したのだと思う。おじさんの顔がどのように腫れあがっていたか。殴られて体を小さく丸めていた彼が、どうやってまた起きあがったか。そして血が、血

がどのように流れ出ていたかについて。私は、父が私の話を聞き終えたら上着を着て外に飛び出していくと思っていた。警察を呼び、人を集め、なんとかしてこの状況を解決してくれるだろうと。しかし、驚くことに父は私の話を聞くと、母に向かって、
「おい、水を持ってきてやれ。気が動転してるようだから」と言ったのだ。そして私のほうを見て、ゆっくりとこう付け加えただけだった。
「顔が冷えきってる。オンドルの効いている所であったまりなさい」

　後で知ったことだが、再開発が遅々として進まないことに対する腹いせに、賛成派の誰かが毒薬を仕込んだ鶏肉を町中にまいたそうだ。何十匹もの猫がそれを食べ、路地のあちこちで息絶えた。父はそのことを知っていたのだろうか。あるいは、父の性格上、厄介ごとに巻き込まれたくなかっただけかもしれない。父はただ、私たち家族のためにソウルに引っ越してきただけで、そのような対立に巻き込まれるとは思いもしなかっただろうから。それでもなぜか私は、母から手渡された水を飲むあいだも、父に言われたとおり布団にくるまり暖かい所に座っているあいだも、涙が止まらなかった。ひとしきり泣いた後いつの間にか眠ってしまい、ぱんぱんに腫れた目をよう

〇三三

やく開けるともう夜更けだった。私は起きあがって座った。頭が割れるように痛かった。父と母はもう寝ているのか、家の中は静まりかえっていた。そうやって暗い部屋の中、腫れぼったい瞼でまばたきをしながらしばらく座っていたが、どういうわけか急に家の前の猫を埋めてやらないといけないような気がした。それは本当に突拍子もない思いつきだった。私は猫を触ったこともなければ、ましてや何かの死体を埋めたことなど、一度だってなかったのだ。でも、どこにどう埋めればいいのかもわからないまま、着ていた服の上からパーカーを羽織った。猫は冷たい道路の上でまだ横たわっているだろうから、放っておくわけにはいかなかった。私はみんながただ傍観していた猫おじさんのことを思い浮かべ、部屋に入っていく父の後ろ姿、そして私の頬を何度も撫でながら、少し休みなさいとなだめる母の姿を思い出していた。私はパーカーのファスナーを閉めた。両親を起こさないように電気はつけず手探りで居間を抜け、猫をタオルなんかでくるんで空き地の横の花壇に埋めればいいのではないかと、そんなことを考えていた。なかなか名案だと思い、気分もいくらかましになった。ところが、玄関の前に立つと急に冷気を感じた。扉の隙間から冷たい風が吹きこんでいるようだった。夜になり外の気温は昼よりもずっと低くなっているはずだった。ここ

数日、マイナス十五度前後の極寒が続いていた。私は下駄箱からスニーカーを取り出そうと玄関に降り立った。玄関の土間に素足が触れると、予想以上に冷たかったので思わずぶるっと震えた。そもそも、猫はまだそのままの状態でいるのだろうか。この格好じゃ寒いんじゃないかなという考えもよぎった。もう誰かが片付けてしまったかもしれないし。家の玄関のドアには、上のほうに外を覗くための丸いガラス窓がついていた。室内との温度差で窓ガラスは曇り、外の様子はまったく見えなかった。私はスニーカーのかかとを踏んだまま、手のひらで窓ガラスをキュッキュッと拭った。猫の死体がまだ道路に放置されているかどうかだけ、ひとまず確かめてから外へ出るつもりだった。手のひらで拭いた部分が透明になった冷たい窓ガラスにそっと額をくっつけた。

「わあ」

その瞬間、思わず嘆声が漏れた。窓の外には大きな綿雪がしんしんと降っていた。漆黒の闇に染まった近所の家の屋根にも、屋上羽毛のようにやわらかな雪片だった。

〇三五

の甕(かめ)置き場や、坂の下にある枯木の枝にも、静かに。その光景の美しさといったら。本当に、生まれて初めて見る大きな雪片だった。粉雪。うす雪。あわ雪。国語辞典で私が見つけた数多くの単語をもってしてもとても言い表わすことのできない雪。あれほど息をのむような光景は、後にも先にも見たことがなかった。そして私は冷たい窓ガラスに額を密着させたまま、そうやってしばらくのあいだ立ち尽くしていた。靴下もはかず、スニーカーのかかとを踏みつぶして背伸びしたまま。振り返ってみると、あれが私の人生の決定的な場面だったのではないだろうか。この先私は一生こうやって、外に出ることもできず、ただドアノブを握りしめたまま外の様子をうかがうだけの、つまらない人生を送るだろうということを暗示していたのだから。でも、その場面の意味がわかるようになったのはずっと後のことで、あのとき私は窓の外に舞い落ちる美しい雪をただ眺めていた。何もかもすっかり忘れて。赤いのぼりがはためく家々のあいだに真っ白な雪が降るその風景を、ただ恍惚と。

〇三六

訳者解説

ペク・スリンは二〇一一年、短編小説「嘘の練習」が新聞の新春文芸に当選し、作家としての第一歩を踏み出した。当時、審査委員から「新人とは思えないほど、終始一貫した呼吸と安定感を保ちながら物語を最後まで書き綴る底力がある」と絶賛され、鮮烈なデビューを飾った。当時のインタビューで彼女は、「どこにも属せないまま暮らす名もなき存在になりたい」と抱負を語っている。そんな存在に名前を与え、何よりも人間を深く描ける作家になりたいて、三年後の二〇一四年に初の短編集『惨憺たる光』を発表した。さらに、過去三回文学トンネ年に二作目の短編集『ポール・イン・ポール』を、二〇一六の「若い作家賞」(登壇十年以内の作家を対象とする文学賞)に選定され、多数の文学賞を受賞するなど活発な執筆活動を続けており、今、韓国文壇で新進気鋭の作家としてもっとも注目を浴びている。

ペク・スリンの作品は、登場人物のうちに秘められた哀しみをテーマにしたものが多く、言葉の一つひとつが読む者の心に静かに沁みわたるような、素朴で繊細な筆致を特徴としている。『二〇一七 第八回若い作家賞受賞作品集』に収録されている「静かな事件」は、「私」がソウルの再開発地区のタルトンネで過ごした学生時代を回想しながら語る物語である。

本作を初めて読んだとき、以前訪れたことのあるタルトンネの風景を思い出した。山の急斜面にびっしりと建てられた小さな家々、寒風をしのぐためのトタン板と壁を覆うフェルトの布地、迷路のように入り組んだ階段がどこまでも続く狭く複雑な路地。ソウルの街外れで目にしたその光景は、高層ビルがそびえ立つ華やかで近代的な都心の街並みとはまるで対照的だった。「漢江(ハンガン)の奇跡」と呼ばれる急速な韓国の経済成長と都市開発の裏側で、数多くのタルトンネは姿を消した。しかし近年、タルトンネを原型のまま保存しようとする動きが広まり、明るいイメージづくりのための壁画活動や観光資源化が進んでいる。タルトンネ(月の町)。その美しく情緒あふれる響きの裏には、貧しさに耐えながら激動の時代を必死に生き抜いてきた人たちの暮らしがある。

〇三九

物語は、終始、端正で淡々とした語り口で綴られているが、本作のタイトルとなっているワシリー・カンディンスキーの絵画「静かな事件（Évènement doux）」のように、一見静かで平和な世界に、その静けさを打ち砕いてしまう事件が潜んでいるような気配を感じさせる。

また著者の作品には、苦しみのイメージを光と闇の強烈な対比で描いたものも多く見られる。闇で苦しみを表現するのではなく、明るい光や美しい情景が人物の内面に隠された苦しみを赤裸々に映し出すメタファーとなっているのだ。

「この世にある苦しみから目をそらさず、それを自分なりのやり方で描いて見せるのが作家の仕事。その苦しみをうまく表現する方法は、ドラマティックで強烈なものではなく、むしろ静かに、淡々と綴ることだと思うんです。だから、できるだけ叙情的で美しく描くことを心がけています」

（『連合ニュース』著者インタビューより）

再開発というテーマは、推進派と反対派の鋭い対立構図を描きやすい題材だ。

〇四〇

しかし、本作では、再開発で利益を得る人々にとっては、それが「静かな事件」に過ぎないことを伝えている。「決定的な場面」として描かれる最後の場面で「私」は、猫の様子を気にしながらもドアを開けて外へ飛び出すことはできない。ただ雪が降る美しい風景に見とれていた姿からも、それはうかがい知ることができる。

「静かな事件」を書いた経緯と「決定的な場面」について、著者はこう語っている。

「この作品が生まれたのは、私が住む町の、狭く汚い路地とその中に隠れすむ数多くのノラ猫のおかげだと思う。引っ越ししてきた年のいつだっただろうか。いつものように家で小説を書いていると、赤ん坊の泣き声のような猫の鳴き声がひっきりなしに聞こえてきた。発情期かなと思って、また作業に集中しようとした。締め切りが迫り執筆も行き詰っていたので、鳴きやまない猫の声は私の神経を逆なでした。いい加減にしてよ。きっとこう思った気がする。どうせ発情期の猫でしょ。こうも思っただろう。それでも猫はいっこうに鳴き止む気配がなく、夜遅くまでその声は聞こえてきた。そのときになってようやく、何かあったのか

〇四一

もしれないと思った。案の定、窓の外を見ると向かい側の家の子どもが屋上にのぼり、うちの家のほうの様子を伺っていた。私は手を止めて、猫の鳴き声がするほうの窓を開けてみた。すると、まるで待っていたかのように猫の鳴き声が大きくなった。猫はうちと隣の家の壁のあいだの、わずかな隙間に挟まれていた。隣の屋根の上から落ちてしまったようだが、自力で抜け出すことができず、一日中助けを求めて鳴いていたのだ。私は消防署に電話をかけ助けを求めた。救助されたのは、生まれて間もないとても小さな子猫だった。救助隊員は私に、この猫を飼えるかと尋ねた。今犬を飼っているので猫は飼えないと、私は答えた。『静かな事件』を書くあいだ、私は時折あの猫のことを思い出した。私が飼えなかったらこの猫はこれからどうなるんですかと、救助隊員に訊けなかったことがずっと心に引っかかっていた。猫はどこか暖かく安全な場所で元気に暮らしていると信じたかったが、この世はとかく残酷で、非情で、冷酷だという現実を知っているだけに、私は小説を書きながらもふと猫の鳴き声が聞こえそうな気がしてならなかった。生き残るために、私たちはなぜあんなに必死に足搔くのだろう。決定的な場面、と小説では書いているが、最近は人生に決定的な場面などある

〇四二

のだろうかと思うことがよくある。ある場面が決定的になるというのは、それが決定的だったと、後になって自分で考えるからではないだろうか。人生がそうであるように、自分の解釈によって絶えず書き換えられる物語に過ぎないならば、小説を書く行為も、結局は、自分が生きてきた人生に対する言い訳を並べることに変わりないのではないだろうか。こんなふうに考えるのは恥ずべきことで、だから私は、しばしば心苦しくなったりもする。でも、またあるときは自分が、死んだ猫のことなどすっかり忘れて、空から舞い落ちる雪に夢中になっている女の子の裸足、凍てつく寒さの中で背伸びをしたまま窓の外を覗いているその裸足が気になって仕方がない、そんな類の人間である以上、私は仕方なく、ありとあらゆる卑怯な言い訳の羅列に過ぎないということをわかっていながらも、小説を書き続けるのかもしれないなと思う」

（『二〇一七 第八回若い作家賞受賞作品集』作家ノートより）

　人にはみなそれぞれ、人生における「決定的な場面」というものがあるのではないだろうか。もちろんそれは、著者の言うように、時間が経ってそのときを振

〇四三

り返ったときに、自分自身を正当化したり取り繕ったりするときに使われる言葉なのかもしれない。そしてそこには、誰にも話せない、向き合うことに大変な勇気を必要とする感情が隠れていることもあるだろう。それでも、その一瞬一瞬の選択が今の自分をつくりあげているわけで、当時の自分にとっては生きていくための精一杯の足掻きだったはず。

　ペク・スリンは、あの頃は気づけなかった、つかめそうでつかめない気持ちを振り返りながら、繋ぎとめておくことのできない刹那の感情をすくいあげ言葉にする。そして、その瞬間を責めることもなければ、克服しようともしない。ただ、忘れていた感情をそっと取り出し、静かに見守るだけだ。

　だから本作を読んだ後には、このようなメッセージを読み取ることができるかもしれない。私たちにはこれからも、言い表すことのできなかった感情や、美しい何をもっても目をそらすことのできない、過去の場面と向かい合うときがあることを。多かれ少なかれ、誰もがそんな心の影を抱いて生きているということを。

　そして、美しい雪が静かに降り積もっていくように、静かな事件が積み重なって自分をつくっていくということを。

この本を手に取った方々にはどうか、「ドアノブを握りしめたまま」躊躇っているあのときの気持ちを素直に受け止め、そっと寄り添ってあげてほしいと思う。

李聖和

著者

ペク・スリン(白秀麟)

1982年仁川生まれ。
延世大学仏文科卒業後、西江大学大学院を経て
リヨン第2大学仏文科博士課程修了。
2011年に短編「嘘の練習」が京郷新聞の新春文藝に選ばれ文壇デビュー。
本作で2017年に第8回若い作家賞を受賞しているほか、
2018年に「夏のヴィラ」で第8回文知文学賞、
「親愛なる、親愛なる」で第2回李海朝文学賞などを受賞している。
邦訳に『惨憺たる光』(カン・バンファ訳、書肆侃侃房刊)がある。

訳者

李聖和(い そんふぁ)

1984年大阪生まれ。
関西大学法学部卒業後、社会人経験を経て韓国へ留学し
韓国外国語大学通訳翻訳大学院修士課程
(韓日科・国際会議通訳専攻)修了。
現在は企業内にて通訳・翻訳業務に従事。
韓国文学翻訳院翻訳アカデミー特別課程修了。
第2回「日本語で読みたい韓国の本 翻訳コンクール」にて
本作「静かな事件」で最優秀賞受賞。

韓国文学ショートショート
きむ ふな セレクション 07
静かな事件

2019年10月25日　初版第1版発行

〔著者〕ペク・スリン（白秀麟）
〔訳者〕李聖和
〔監修〕吉川 凪
〔編集〕川口 恵子
〔ブックデザイン〕鈴木千佳子
〔ＤＴＰ〕山口良二
〔印刷〕大日本印刷株式会社

〔発行人〕　永田金司　金承福
〔発行所〕　株式会社クオン

〒101-0051　東京都千代田区神田神保町1-7-3 三光堂ビル3階
電話 03-5244-5426　FAX 03-5244-5428　URL http://www.cuon.jp/

© Baik Sou Linne & Lee Sunghwa 2019. Printed in Japan
ISBN 978-4-904855-91-1 C0097
万一、落丁乱丁のある場合はお取替えいたします。小社までご連絡ください。

Silent Incident © 2016, Baik Sou Linne
All rights reserved.
Japanese translation copyright © 2019 by CUON Inc.
The『静かな事件』is published by arrangement with
Munhakdongne Publishing Group and K-Book Shinkokai.

This book is published with the support of
Literature Translation Institute of Korea (LTI Korea).

살게 되리라는 사실을 암시하고 있었으니까. 그러나 내가 그 장면의 의미를 이해하게 된 것은 아주 먼 훗날의 일이고, 그때 나는 창밖으로 떨어져내리는 아름다운 눈송이를 그저 바라보고만 있을 뿐이었다. 모든 것을 까맣게 잊어버리고. 집집마다 매달려 펄럭이는 붉은 깃발들 사이로 새하얀 눈송이가 떨어져내리는 풍경을, 그저 황홀하게.

으로 쓱쓱 문질렀다. 고양이 사체가 아직 골목에 버려져 있는지만 일단 살짝 확인하고 나갈 생각이었다. 내 손자국을 따라 투명해진 차가운 유리창에 이마를 가만히 대었다.

"세상에."

그 순간 나도 모르게 탄성이 튀어나왔다. 창밖에는 커다란 눈송이가 떨어져내리고 있었다. 깃털처럼 부드러운 눈송이가. 역청빛 어둠을 덧칠한 이웃집의 지붕 위에도, 옥상 위의 장독대와 비탈 아래쪽의 앙상한 나무초리 위에도, 고요하게. 얼마나 아름다웠는지. 그것은 정말 내가 태어나서 단 한 번도 본 적이 없는 커다란 눈송이였다. 마른눈. 자국눈. 가랑눈. 국어사전에서 내가 발견했던 무수한 단어로도 형용하기가 충분치 않던 눈송이. 그토록 숨막히는 광경을 나는 그전에도 그 이후에도 본 적이 없었다. 그리고 나는 차가운 유리창에 이마를 댄 채 그렇게 한동안 서 있었다. 구겨진 신발 위에, 양말도 없이, 까치발을 한 채로. 돌이켜보면 그것이 내 인생의 결정적인 한 장면은 아니었을까 하는 생각이 든다. 앞으로 나는 평생 이렇게, 나가지 못하고 그저 문고리를 붙잡은 채 창밖을 기웃거리는 보잘것없는 삶을에 아직 그대로 있을 거였고, 그렇게 내버려둘 수는 없었다. 나는 사람들이 그저 구경만 하고 있던 고양이 아저씨를 떠올렸고, 안방으로 들어가던 아버지의 뒷모습을, 내 얼굴을 자꾸만 쓸어내리면서 한숨 자라고, 나를 토닥이던 어머니를 떠올렸다. 나는 파카의 지퍼를 올렸다. 아버지나 어머니가 깰까봐 전등을 켜지 않고 주변을 손으로 더듬으며 거실로 나가면서, 고양이를 수건 따위로 감싸서 공터 옆 화단에 묻어주면 되지 않을까, 그런 생각을 했다. 꽤 괜찮은 생각인 것 같았고, 기분이 한결 나아졌다. 그런데, 현관 앞에 서자 갑자기 한기가 느껴졌다. 문틈으로 찬바람이 들어오는 모양이었다. 밤이 되었으니 바깥은 낮보다 기온이 더 떨어져 있을 것이었다. 며칠째 영하 십오 도 안팎의 강추위가 계속되고 있었다. 나는 신발장에서 운동화를 꺼내기 위해 현관으로 발을 내디뎠다. 현관 바닥에 맨발이 닿자 생각보다 너무 차가워 몸서리가 쳐졌다. 고양이가 아직 그대로 있긴 한 건가. 옷을 너무 얇게 입은 것 같다는 생각이 들었다. 사실 누군가가 벌써 치워버렸을지도 모르는데. 우리가 살던 집의 현관문 윗부분에는 바깥을 내다볼 수 있도록 동그랗게 유리창이 나 있었다. 실내와의 온도 차 때문에 유리창에 김이 서려 바깥은 아무것도 보이지 않았다. 나는 운동화를 구겨 신은 채 창을 손바닥

나중에 안 일이지만 재개발 추진이 지연되는 데 대한 분풀이로 독극물을 주입한 닭고기를 동네 여기저기에 뿌려둔 것은 찬성파 중 누군가였다. 수십 마리의 고양이들이 그것을 먹고 골목 곳곳에서 죽어나갔다. 아버지는 그것을 이미 알고 있었을까. 어쩌면 아버지는 성정상 싸움에 끼어들고 싶지가 않았던 것뿐일지도 몰랐다. 아버지는 그저 우리 가족을 위해 서울로 이사를 왔을 뿐이고, 그런 갈등을 겪게 될 줄은 상상도 하지 못했을 테니까. 그렇지만 이상하게도 나는 어머니가 건네준 물을 받아 마시고도, 시키는 대로 방 아랫목에 이불을 덮고 앉아 있으면서도, 눈물이 멈추지 않았다. 한참을 울고 까무룩 잠이 들었다가 퉁퉁 부은 눈을 가까스로 떴을 때는 이미 캄캄한 밤이었다. 나는 자리에서 일어나 앉았다. 머리가 깨질 듯이 아팠다. 어머니와 아버지는 이미 잠들었는지 집안이 조용했다. 그렇게, 어두운 방 안에 무거운 눈을 끔벅이며 잠시 앉아 있는데, 어떤 이유에서인지 갑자기 집 앞에 죽어 있던 고양이를 묻어줘야겠다는 생각이 들었다. 그것은 정말 이상한 생각이었다. 나는 한 번도 고양이를 만져본 적이 없었고, 무엇인가의 사체를 묻어본 적은 더더욱 없었으니까. 그렇지만 어디에 어떻게 묻어야 할지도 모르면서 나는 입고 있던 옷 위에 파카를 걸쳤다. 고양이는 차가운 바닥

잘 들어가지 않아서 그제야 내 손이 떨리고 있다는 것을 알았다.

"아빠, 아빠."

집에 들어오자 훅, 따뜻한 기운이 나를 감쌌다.

내 목소리가 다급하게 들렸던 게 틀림없었다. 어머니와 아버지가 동시에 무슨 일인가 놀라서 방에서 뛰어나왔으니까.

"아빠, 아빠. 고양이 아저씨가 맞고 있어요."

그뒤로 자세한 것은 기억나지 않는다. 나는 아마 울면서 아버지에게 내가 목격한 것을 설명한 것 같다. 아저씨의 얼굴이 어떻게 부어 있었는지. 그의 몸이 발길질에 어떻게 둥그렇게 말렸다가 다시 가까스로 펴졌는지. 그리고 피가, 피가 어떻게 흘러내렸는지에 대해서. 나는 아버지가 내 이야기를 다 들으면 옷을 챙겨 입고 밖으로 뛰어갈 것이라고 생각했다. 경찰을 부르고, 사람들을 불러서 어떻게든 상황을 해결해줄 거라고. 그러나 놀랍게도 아버지는 내 이야기를 듣더니 어머니에게, "얘 물 좀 떠다줘. 숨넘어가겠네"라고 말했다. 그리고 내 쪽을 바라보면서는 이렇게 천천히 덧붙였을 뿐이다.

"얼굴이 꽁꽁 얼었다. 따뜻한 아랫목에 가서 몸 좀 녹여라."

씨가 죽을까봐. 언제나 핏발이 붉게 선 눈 때문에 무서워 보이던 아저씨의 얼굴은 더욱 흉측하게 일그러졌다. 아저씨를 때리던 이들은 싸움을 그만하고 싶은 것 같았지만 아저씨는 돌아서는 그들을 향해 자꾸만 달려들었고 또 얻어맞았다. 왜 아무도 말리지를 않지? 나는 다급한 마음에 주변을 둘러보았다. 눈살을 찌푸리며 구경하는 사람들은 대부분 아주머니나 할머니였고 남자라고는 꼬마들밖에 없었다. 고양이 아저씨가 뭐라고 뭐라고 소리를 질렀다. 비명소리는 아니었고 무슨 말을 한 것이 분명했지만 발음이 부정확해 알아들을 수가 없었다. 나는 문득 아버지를 떠올렸다. 아버지라면, 어떻게든 이 사태를 해결할 수 있을 거였다. 나는 뒤로 돌아서 달렸다. 평소에 가던 길을 우회해서 집까지 뛰었다. 나는 내가 그렇게 빨리 뛸 수 있는 사람이라는 것을 그때까지 알지 못했었다. 집으로 꺾어지는 골목에 들어서자 거기엔 정말 죽은 고양이가 있었다. 우리집 앞을 자주 지나던 고양이, 입 주위로만 별 모양으로 흰 털이 나 해지가 별이라고 부르던 그 고양이였다. 죽은 고양이를 본 것은 그때가 처음이었다. 고양이는 네 다리를 위로 쳐든 채 배를 보이며 시멘트 바닥에 죽어 있었다. 눈을 뜬 상태로 차갑고 꼿꼿하게 굳어 있던 고양이. 나는 가방에서 열쇠를 찾았다. 열쇠가 열쇠구멍에는 대로 첫 페이지부터 끝까지 읽어대기 시작한 것은 그 때문이었다. 뭔가를 읽고 있는 동안만큼은 아무와도 이야기하지 않아도 되었고 시간이 한 움큼씩 없어졌는데, 나는 그것이 좋았다. 그날도 일요일이었지만 학교 도서실에 앉아 제임스 조이스나 외젠 이오네스코의 책 같은 것을 이해하지도 못하면서 읽다 집에 돌아가는 길이었을 거다. 매서운 추위에 잔뜩 웅크린 채 비탈을 올라가고 있는데 어디선가 웅성거리는 소리가 들렸다.

"싸움이 났어요."

누군가가 외쳤다. 나는 두렵지만 궁금한 마음에 이끌려 소리가 나는 쪽으로 향했다. 그곳, 석유가게 앞에는 이미 몇몇의 구경꾼들이 몰려 있었다. 이따금씩 나는 후회했다. 그곳에 가지 말았어야 했는데. 그렇지만 나는 호기심을 이기지 못하고 내 앞을 가로막은 채 서 있는 아주머니들의 어깨와 어깨 사이에 고개를 들이밀었다. 그리고 그곳에서 얻어맞고 있는 고양이 아저씨를 보았다.

"저 사람들이 고양이한테 약을 먹였다나봐."

구경꾼 중 누군가가 누군가에게 수군거리는 소리가 들렸다. 젊은 사내들에 의해 바닥에 내동댕이쳐진 고양이 아저씨는 꺾어진 허리를 자꾸만 곧추세우며 일어섰다. 나는 두려웠다. 아저사를 했고, 그후 한동안 나는 그 지역에 다시 가지 않았다. 고양이 아저씨처럼 종국엔 쫓기듯 떠나간 그 동네 대부분의 사람들이 어디에, 어떤 모습으로 살고 있는지 나는 모른다. 그렇지만 많은 시간이 흘렀는데도 어쩌다 버스를 환승하기 위해, 이제는 공항철도가 놓인 그 거리를 걷다보면 그 시절의 어떤 장면들이 불쑥 떠오르곤 한다. 이를테면 죽은 고양이를 발견한 그날의 기억 같은 것.

해지는 그렇게 떠났다. 우리는 자주 통화했고 어쩌다가 만났지만 점차 거의 만나지 않게 될 거였다. 무호와 단들이 만난 적은 그후로 없었다. 눈이 귀한 지방에서 나고 자란 나는 눈을 매일 기다렸지만 그해 겨울은 정말 눈이 오지 않았다. 시베리아에서 내려온 한랭기단의 영향으로 얼굴이 에일 정도의 강추위만 계속되었다. 겨울이 되자 동일한 체크무늬 명품 목도리를 일제히 꺼내 두르고, 방학에는 싱가포르로, 캐나다로 어학연수를 떠나고, 무엇보다 야간 자율학습은 의미 없다는 듯이 담을 넘어 도망가는데도 언제나 성적이 나보다 잘 나오던 아이들 틈에 있다보니 나는 공부에 흥미를 잃었다. 외국소설이든 잡지든, 심지어 국어사전까지, 활자에 굶주린 사람처럼 아무 책이나 닥치

닌가. 좋아한 것은 아니었나. 어쩌면 우리 셋의 관계의 축이 한쪽으로 기울어버렸음을 깨닫는 순간 느낀 허전함이 나를 착각하게 만든 것뿐이었을까. 하지만, 아무튼, 그 순간에는, 크림 범벅의 케이크 위로 반짝이는 불꽃과 그 너머 어른거리는 무호의 환한 얼굴을 보면서, 사실은 내가 무호를 얼마간 좋아한 것 같다는 생각을 했다. 그러나, 또 동시에, 그렇더라도, 나와 무호의 삶이 교차할 수 있는 순간은 너무나도 짧고, 우리는 이제 몇 년의 시간이 흐르지 않아 완전히 다른 길을 걷게 될 것이며, 더이상 우리의 인생은 겹쳐지지 않을 거라는 사실을 내가 너무 오래전부터 알고 있었다는 생각도. "나랑 사귈래?" 이제는 남자의 몸을 가진 무호가 수줍은 얼굴로 물었다. "그래." 해지가 상기된 얼굴로 고개를 끄덕였다. 나는 관객의 역할에 익숙해진 배우처럼 박수를 쳤다. 내 박수 소리에 쑥스러운 듯 아이들이 나를 바라보며 웃었다. 우리는 같이 웃었다. 폭죽의 불꽃이 짙푸른 어둠 속에서 요란한 소리를 내며 탔고, 땅에 떨어지자 순식간에 사그라졌다.

가끔, 그곳을 지날 때가 있다. 예전에 굴다리가 있었고 창 없는 방석집들이 즐비하던 거리는 이제 흔적도 없이 고층건물로 뒤덮여 있다. 우리 가족은 포클레인이 폐가들을 부수기 전에 이

일 만만하니까 괜히 화풀이하는 거지." 재개발을 찬성하는 이들이 반대하는 주민들의 가게나 집을 찾아가 위협하고 행패를 부린다는 소문은 나도 들어본 적이 있었다. 우리는 다시 말없이 걸었다. 무호의 숨소리가 가까이 들렸다. "여기까지면 됐어. 이제 가." "아니야, 집 앞까지 바래다줄게." 우리집 쪽으로 꺾어지는 골목으로 들어서자 새끼 고양이 두 마리가 놀란 듯 안쪽으로 달아났다. 그리고 마침내 우리집 앞에 도착했을 때, 외등 아래서 무호가 어렵게 말을 꺼냈다. 해지가 떠나기 전에 고백하고 싶은데 도와주었으면 좋겠다고.

그리고 그 주 토요일 밤에 나는 무호의 부탁대로 해지를 옛 마을버스 차고지로 데리고 갔다. 해지는 춥고 깜깜한 데를 갑자기 왜 가느냐며 계속 툴툴댔다. 기억이 틀리지 않는다면, 해지는 그날 오렌지색 스웨터를 입고 있었다. 털이 날리는 오렌지색 앙고라 스웨터에 무릎이 튀어나온 트레이닝복을 입고 무슨 일이 기다리는지도 모르는 채 내게 이끌려 비탈을 내려가던 해지. 헐벗어가는 아카시아나무 뒤에서 무호가 초 대신 폭죽을 꽂은 케이크를 들고 나오자 해지는 뭐하는 짓이냐며 소리를 지르다가 이내 빨개진 얼굴로 웃음을 터뜨렸다. 나는 그때 처음으로 내가 무호를 좋아하고 있었는지도 모른다는 사실을 깨달았다. 아무호를 봤을 때 나는 이상하게 조금 설렜다. 우리는 아주 오랜만에 단둘이 비탈을 올랐다. "가방에 뭐가 이렇게 많이 들었냐, 키 안 크게." 무호가 내 가방을 번쩍 들어 대신 둘러멨다. 무호가 이제는 나보다 훨씬 크다는 것이 갑자기 실감났다. 헬스장에서 벤치프레스를 열심히 한다더니 무호의 팔뚝은 예전보다 훨씬 굵어져 있었다. 나는 무호가 남자의 몸을 가지고 있다는 사실에 새삼 놀랐다. 그리고 왜인지 모르겠지만 소문 속에서 무호와 옷이 헝클어진 채 폐가에서 나왔다는 여자아이의 얼굴이 궁금해졌다. 우리는 학교에서 있었던 일이나 그 무렵 화제가 되고 있던 할리우드 영화에 대해서 이야기를 주고받았지만 공통의 화젯거리가 별로 없었다. 나도 무호도 골목 곳곳에 걸려 있는 붉은 깃발을 보았지만 둘 다 애써 모른 척하고 있었다. 그즈음 재개발을 찬성하는 사람들과 반대하는 사람들 사이의 갈등은 점점 더 심해져갔다. 가파른 계단을 말없이 오르자 밤이 내린 공터가 나왔다. "그러고 보니 고양이 아저씨를 못 본 지 좀 되었네." 무호는 아저씨를 며칠 전에 보았다고 말했다. 아저씨는 고양이들을 두고 갈 수 없어 재개발에 반대한다고 했다. "얼마 전에는 어떤 사람들이 아저씨한테 고양이들을 다 죽여버리겠다고 협박까지 했대." 무호가 화난 목소리로 말했다. "아저씨가 제

큼은 예전처럼 순진한 얼굴이었고, 그것으로 충분했으니까. 우리 셋에게는 공통점이 없었지만 우리는 여전히 가끔씩 버려진 차고지에 앉아 시답지 않은 이야기를 하며 담배를 피웠다.

언젠가 한번은 해지였는지 무호였는지 둘 중 하나가 넌 좋은 대학에 가서 부자가 되겠지, 같은 말을 내게 했다. 그런 말을 내 앞에서 꺼낸 것은 처음이었다. 해지는 만날 때마다 학교에서 배우는 미용 기술에 대해서, 마네킹의 가발을 자를 때의 고충 같은 것들에 대해서 이야기했다. 무호는 우리 사이에 있을 때도 있었고, 없을 때가 더 많았다.

해가 한번 더 바뀌고 내가 열여덟 살이 되자 이사를 가는 사람들이 하나, 둘 생겨났다. 해지네 식구는 그 동네를 가장 먼저 떠난 무리에 속했다. "갑자기 집주인네가 들어와 살겠다고 연장을 안 해준대." 해지는 덤덤한 척 입술에 립글로스를 바르며 전했다. "재개발한다는데 우리가 안 나가고 버틸까 겁나 그런 거겠지, 뭐." 무호가 밤늦은 시간 하교하던 나를 버스 정류장으로 마중나오겠다고 한 것은 해지네 이사가 결정되고 얼마 지나지 않은 9월이었다. 무호가 나를 마중나온 것은 그때가 처음이었다. 그래서였을까. 인적이 드문 버스 정류장에 홀로 서 있는

위 울고 싶었을 뿐.

　재개발추진위원회가 설립되면서 동네 사람들은 저마다 재개발하는 것이 이익인지 손해인지를 따지기 시작했다. 동네는 재개발에 찬성하는 사람들과 반대하는 사람들로 나뉘었다. 재개발에 반대하는 주민들은 비상대책회의장으로 정해진 무호네 집에서 매주 화요일 저녁 대책회의를 열었다. 턱없이 높은 추가 분담금을 내는 것이 불가능한 사람들은 재개발에 반대했다. "동의율이 낮으면 조합 설립이 무산될 수도 있대." 오랜만에 만난 무호가 말했다. "응." 컴컴한 골목 한쪽에서, 고양이 아저씨가 두고 간 사료를 허겁지겁 먹는 고양이들을 보면서 나와 해지는 고개를 끄덕였다. 해지의 가족은 세입자였으므로 동의하지 않을 권리가 없었다.

　시간은 빠르게 흘렀다.

　무호는 이제 키가 나보다 훨씬 컸고 어깨도 예전보다 두 배가량 넓어졌다. 그렇지만 무호에게는 여전히 웃을 때 아기 같은 구석이 있었다. 무호가 동네의 버려진 폐가에서 어떤 여자아이와 옷매무새가 흐트러진 채로 나왔다는 소문을 누군가가 내게 전하기도 했고, 실제로 그런 일이 일어났을 가능성이 높다는 것도 알고 있었지만, 나는 괘념치 않았다. 무호는 적어도 내 앞에서만지는 스쿨버스가 오지 않아서 다른 아이들보다 더 일찍 일어나 스쿨버스가 다니는 곳까지 일반 버스를 타고 가야만 했는데, 그래서 나는 몇 배나 더 피곤했다. 야간 자율학습을 마친 뒤 버스를 갈아타고 밤늦게 집에 오는 날들이 많았기 때문에 해지와 만날 수 있는 시간도 자연스레 줄어들었다. 간혹 아프다는 핑계를 대고 조퇴를 하기도 했지만 그럴 때는 해지가 집에 없기 일쑤였다. 그렇게 일찍 집에 돌아와봤자 혼자 있게 되는 날들에는 처음 이사 왔던 날 아버지가 내게 아파트 단지를 보여주었던 옥상에 쭈그려앉아, 사라져가는 태양의 빛줄기가 쇠락한 골목과 남루한 벽을 부드럽게 어루만지는 풍경을 바라보았다. 마치 검버섯 핀 노인의 얼굴을 쓰다듬듯이. 그러면 그 손길을 따라, 동네는 쪽잠을 청하는 고단한 노인처럼 주름이 깊게 팬 눈꺼풀을 천천히 감았다. 해가 지고 나면 대기에 남아 있던 온기도 노인의 마지막 숨결처럼 느리게 흩어져갔다. 몸에 한기가 깃들어 더 이상 앉아 있기가 힘들어지면 그제야 나는 쭈그렸던 다리를 펴고 자리에서 일어났다. 초라한 골목이 어째서 해가 지기 직전의 그 잠시 동안 황홀할 정도로 아름다워지는지, 그때 나는 그 이유를 알지 못했다. 다만 그 풍경을 말없이 바라보는 동안 내 안에 깃드는 적요가, 영문을 알 수 없는 고독이 달콤하고 또 괴로는 당부를 잊지 않았고 다행히 성적도 떨어지지 않았다. 학교에서 해지가 책상에 엎드려 자는 동안 나는 착실히 공부를 했고 교칙을 어기지도 않았다. 이런저런 이유들에도 불구하고 아파트에 사는 아이들이 나를 대놓고 무시하지 않던 까닭은 성적 때문이었다. 나는 그 아이들이 우리 동네 아이들을 어떻게 보는지 알고 있었다. 내가 그 대상이 아니라는 사실은 다행이었지만 그렇게 생각할 때마다 배신자가 된 것 같은 감정이 나를 사로잡았다. 그리고 해지가 공부를 조금만 했다면 내가 이런 감정을 느끼지 않아도 될 텐데 하는 생각에 화가 났다. 아버지는 주어진 환경을 극복하지 않고 안주하려는 것은 잘못하는 일이라고 언제나 내게 말했다.

재개발이 될 거라는 소문이 동네에 돌기 시작한 것은 이듬해 봄쯤이었다. 소문이 구체화될수록 동네의 분위기가 조금씩 달라져갔다. 부모님은 우리가 살던 동네가 하루빨리 허물어져버리길 바랐고, 그것이 순리라고 생각했다. 그러면서도 부모님은 골목을 쓸었고, 골목에서 누군가를 마주치면 묵례를 했다. 나는 우리 중학교 졸업생 중 소수만 진학할 수 있었던, 강 건너의 사립 고등학교에 입학한 후 말수가 조금 더 줄었다. 우리 동네까

풀밭에 앉아 있는 그들 옆으로 가 자리를 잡았다. 풀밭에 앉으면 엉덩이가 이내 축축해졌다. 아이들은 졸업하면 각기 기술을 배우는 학교에 입학할 예정이었다. 해지는 미용을 배울 거라고 했고 무호는 정비공이 될 거라고 말했다. 언젠가는 해외 패션쇼에 오르는 모델들만 담당하는 헤어디자이너가 될 거라는 둥, 유명한 독일 회사의 자동차를 설계하고 말겠다는 둥, 석양이 비쳐 들어 홍조를 띤 얼굴로 아이들이 그려 보이는 미래는 하나같이 터무니없었다. 그들이 그리는 미래가 비눗방울처럼 커다랗게 부풀어오를수록 나는 이상하게도 점점 불쾌해졌는데, 그 원인이 무엇인지 그때는 자각하지 못했다. 인문계 고등학교, 그것도 명문대 합격률이 높은 사립 고등학교 입시를 준비하고 있던 것은 나 하나였고, 나는 아이들이 떠드는 동안 말없이 내 주위의 강아지풀을 손으로 뜯었다. 내가 담배를 처음 배운 것은 그런 날들 중 하루였다. "훅, 들이쉴 때 같이 마셔." 아이들이 나를 재촉하고 나는 담배를 입에 문 채 훅, 숨을 빨아들였다. 담배 연기가 지나간 자리를 따라 내 기도가, 내 폐가 뜨거워졌다. 내가 캑캑거리며 기침을 하는 모습에 아이들이 손뼉을 치며 웃었다.

만약 성적이 떨어졌다면 부모님은 어떻게 해서라도 이사를 가려고 애썼을 것이다. 그러나 나는 훌륭한 사람이 되어야만 한다

듣는 것이었다. 어쩌다 아이들이 우리 가족에 대해 물으면 간혹 내 얘기를 할 때도 있었다. 나는 우리 아버지가 가난한 시골 출신으로 오 남매 중에 장남이기 때문에 동생들을 건사하기 위해 어떤 희생을 해왔는지, 그런 이야기들을 즐겨 했던 것 같다. 아버지는 음악을 사랑했고, 그래서 기타 연주자가 되고 싶었지만 집안을 일으키기 위해서 기꺼이 꿈을 포기했다. 나는 그런 아버지가 자랑스러웠다. 아버지에 대해 이야기할 때면 나는 늘 신이 나서 평소와는 달리 제법 큰 목소리로 떠들었을 것이다. 아버지를 내가 얼마나 좋아하는지에 대해서. 소리나는 대로 아버지가 적어준 가사를 보면서 짐 리브스나 존 덴버의 노래를 함께 따라 부르던 기억이나, 음악 실기시험을 볼 때면 솔-솔-미-파-솔, 리코더 부는 법을 아버지에게 배웠던 기억 같은 것에 대해서. 나는 아버지가 크게 화를 내는 것도, 욕을 하는 것도 본 적이 없었다. 아버지는 비가 오나 눈이 오나 매달 마지막 주 토요일마다 할머니 할아버지 댁에 찾아가 다리를 주물러드리고 돼지갈비라도 사드릴 때면 드시기 좋게 살코기만 가위로 잘라드리는 그런 사람이었다.

"떨어질 거 같으니까 이제 좀 내려와."

아이들이 위태롭게 걷는 내게 소리지르면 나는 마지못한 척던 것도 그런 까닭이었다.

다른 남자애들을 데리고 올 때도 있었지만 무호는 대개 혼자 우리에게 왔다. 해지네 집으로 무호가 찾아오면 돈 없이 마땅히 갈 곳이 없었으므로 우리는 종종 비탈길을 내려가 신작로를 건너 굴다리까지 걸어갔다. 장미, 백조 따위의 간판만 걸려 있을 뿐 창문도 하나 없는 허름한 방석집 앞을 시시덕거리며 지나면 굴다리가 나왔다. 굴다리까지 가봤자 우리가 하는 일이라고는 별게 없었다. 굴다리 너머에는 마을버스 차고지로 쓰이다가 버려진 부지가 있었다. 아무렇게나 자란 풀이 무성하던 그곳에는 커다란 아카시아나무가 우거져 있었고, 허리춤까지 자란 개망초와 키 큰 해바라기가 차례로 꽃을 피우던 얕은 구릉이 있었다. 우리는 이미 무용해진 그곳에 다다르면 아무데나 주저앉아 건전하게 이야기를 나눴다. 대개는 가족에 대한 이야기랄지, 장래에 대한 이야기랄지 뭐 그런 것들이었던 것 같다. 그곳에서 나는 무엇에 쓰였던 것인지는 모르지만 그때 이미 무너져버린 담벼락을 평균대 삼아 걷는 것을 좋아했다. 그리 높지 않은 담이었지만 균형을 잡기 위해 양팔을 벌리고 걸으며 나는 정주민이 없는 나라에만 정차하는 기차를 상상하곤 했다. 좁은 담 위를 휘청휘청 오가면서 주로 내가 하는 일은 아이들이 하는 말을 밤, 나는 사다리를 타고 다시 옥상에서 내려와, 고양이들이 있는 골목을 지나쳐, 집으로 돌아오자마자 그때까지 열지 않았던 마지막 이삿짐 상자의 테이프를 뜯었다. 고향의 친구들이 선물해준 도기 인형들과 작은 꽃병, 플라스틱 사진틀 따위의 아무 짝에 쓸모없지만 당시 내 눈에는 아름다워 보였던 것들을 꺼내어 나는 내 방을 꾸몄다.

해지에게는 내가 그저 삶을 구성하는 한 부분에 불과할지도 모른다는 생각은 당시 나를 때때로 슬프게 했다. 해지는 동네 친구들이 많았는데 특히 남자들 사이에서 인기가 좋았다. 해지와 같이 동네를 걷다보면 우리보다 두세 살쯤 나이가 더 많은 고등학생들이 해지에게 다가와 시답지 않은 장난을 걸거나 색소가 많이 든 아이스크림 같은 걸 사주고 가는 일이 심심치 않게 있었다. 어머니는 내가 해지를 쫓아다니는 남자애들과 어울리지는 않을까 항상 전전긍긍이었다. 그렇지만 어머니의 걱정이 기우라는 것은 그 시절의 어린 나도 알았다. 나는 그들의 안중에 전혀 없었으니까. 남자들 앞에만 서면 쭈뼛대고 경계하던 나와 달리 그들을 대하는 해지의 태도는 스스럼이 없었다. 다른 남자들과 있을 때와 달리 무호 앞에서는 낯을 전혀 가리지 않는 나를 보며 해지가 "너 무호 좋아하지?" 하고 쿡쿡 찌르곤 했늘어서 있었고 그 옆에 세워둔 장대에는 빨랫줄이 걸려 있었다. 해지는 신경쓰지 않는 듯했지만 나는 수치를 모르고 바람에 나부끼는 속옷들을 보면 민망해져 시선을 돌렸다. 염료가 다 빠진 것처럼 후줄근하던 브래지어와 팬티들. 차가운 바닥에 누워서 좋아하는 가수의 노래를 듣는 동안 텐트 위로는 빨래의 그림자들이 어른거렸다.

한번은 그 비좁은 텐트 안에서 해지가 내 눈썹을 정리해준 적도 있었다. "눈을 감아야지." 해지의 말에 나는 순순히 눈을 감았다. 해지는 내 눈썹을 물로 적시고 비누를 칠했다. 눈을 감은 탓인지 비누의 인공 살구 향이 더 진하게 느껴졌다. "시작한다." 해지가 말하고 나는 눈을 더 질끈 감았다. 그 시절, 해지에게는 나 말고도 오래된 친구들이 많이 있었지만, 내게는 해지가 바깥세상의 전부였다. 내 얼굴 위로 사각거리는 소리를 내며 움직이던 칼날. 그 순간 나는 아주 짧은 찰나라도 눈썹 모양이 망가지거나 상처가 나면 어떻게 하나, 따위의 걱정을 하지 않았다. 사랑에 굶주린 어린아이처럼, 맹목적으로, 나는 해지를 믿었다. 해지의 손이 아주 조심스럽게 내 이마 위에서 곡선을 그으며 움직이는 것을 느끼면서. "다 되었어." 해지가 거울을 보여주었다. 그 안에 해지의 눈썹과 똑같은 눈썹을 지닌 내가 있었다. 그날 있었다. 해지가 우리집으로 올 때도 있었고 내가 해지의 집으로 갈 때도 있었지만, 맥주로 머리를 탈색해보려다가 어머니에게 들켜 혼난 이후 우리는 해지의 집에서 놀 때가 더 많았다. 그 집을 떠올리면 지금도 선명하게 기억나는 것은 우리가 현관문을 열 때까지 집안에 고여 있던 어둠과 코를 찌르던 쾨쾨한 자릿내였다. 해지의 아버지가 무슨 일을 했는지는 지금껏 모르지만, 살짝 열린 방문 틈으로 러닝셔츠 차림의 아저씨가 모로 누워 있는 것을 자주 보았다. 해지의 어머니는 주말에만 집에 있었다. 처음에는, 우리 어머니와 달리 목소리가 걸걸하고 한 번도 들어본 적 없는 야한 농담을 아무때나 하는 해지 어머니가 사실 좀 무서웠다. 그렇지만 덩치 큰 몸에 꼭 끼는 꽃무늬 티셔츠를 즐겨 입고, 무엇보다 해지와 닮은 얼굴의 그녀를 나는 좋아했다. 아무튼 해지네 집은 취향을 짐작할 수 없는 가구와 집기들로 발 디딜 틈이 없었다. 우리집보다 훨씬 좁았기 때문에 해지의 방이 따로 없는 그 집에서 우리가 있을 장소라고는 옥상뿐이었다. 우리는 사다리를 타고 옥상에 올라가 텐트를 치고 그 안에서 라디오를 들었다. **빠람빠람빠람**. 시그널이 울리고 DJ 목소리가 들리면 우리는 텐트 바닥에 나란히 드러누웠다. 도시가스가 들어오지 않는 해지네 집 옥상에는 커다란 LPG 통들이 아이들이 내 몸에서 동네 특유의 냄새를 맡지 않을까 걱정이 됐다.

여름 내내 악취는 점점 더 심해졌다. 무더위와 폭우가 반복되면서 부패하는 속도도 빨라졌다. 어느 주말인가, 연일 비가 쏟아지던 날, 찜통 같은 거실에 상을 펴놓고 앉아 온 가족이 저녁을 먹는데 어머니가 아버지에게 이사를 가면 안 되겠느냐고 물었다. 재개발 이야기가 도통 들리지 않는데, 이 집을 전세 놓고 무리해서라도 대출을 받아서 다른 동네에 전셋집을 구하는 게 낫지 않을까 하는 이야기였다.

"애한테는 아무래도 교육 환경이 중요하잖아."

어머니가 땀을 닦으면서, 내 쪽을 흘긋 보았다. 나는 아무런 잘못도 저지르지 않았지만 왠지 그래야 할 것 같아서 고개를 푹 숙였다.

"흐음."

제대로 말리지 않은 운동화 깔창 냄새가 나던 우리집의 거실 한가운데에서 아버지가 신음처럼, 깊은 한숨을 내쉬었다.

그즈음 어머니가 나의 교육 환경을 걱정하기 시작한 데는 원인이 있었다. 나와 성적이 비슷한 아이들과 어울리려고 애쓰는 일이 너무 피곤했기 때문에 나는 점점 더 해지와 붙어다니고

사 왔다는 이야기를 아무에게도 하지 않았다. 계절이 바뀌어도 우리가 기다리던 재개발 소식은 들리지 않았다. 그렇지만 어머니나 아버지는 모두 쉽게 동요하지 않는 성격이었고, 변함없이 아침마다 골목을 마당비로 쓸고 또 쓸었다. 고양이들이 매일 밤 쓰레기봉투를 헤집어놓고 가는 탓에 새벽의 골목에는 쓰레기들이 나뒹굴었다. 고양이들을 볼 때마다, 어디선가 아기 울음소리 같은 고양이의 울음소리가 들려올 때마다, 어머니는 정말 불길한 동물이야, 하고 말했다. 그때마다 어머니는 정말 몸서리를 쳤고, 얼굴을 잔뜩 찌푸렸으므로, 나 역시 영문도 모른 채 몸을 떨었다.

날이 더워지기 시작하면서, 소음보다 참기 힘든 것이 악취라는 것을 나는 배웠다. 소음은 창문을 닫으면 어느 정도는 해결되었지만 악취는 창을 닫아도 창틈으로 새어들어왔다. 그 동네에는 내가 예전에 살았던 곳에서 단 한 번도 맡은 적이 없는 온갖 냄새가 풍겼다. 정화조 트럭이 지나갈 때면 진동하던 악취나 고양이들의 배설물 냄새, 무엇보다도 아무렇게나 거리에 버려진 음식물 쓰레기 썩는 냄새가 항상 공기중에 가득했다. 우리는 더워죽겠는데도 창문을 열지 못한 채 선풍기를 틀고 살았다. 어머니는 집안 구석구석에 방향제를 갖다놨다. 나는 아파트에 사는

양이들을 멀찍이 서서 지켜봤다. 사료를 다 먹은 고양이들이 흩어지면 해지도 내 곁으로 다시 돌아왔다. 아저씨도 늘 그래왔던 듯이 그냥 그렇게 빈 사료 주머니를 들고 어두운 골목 안으로 사라졌고.

 소금고개에서의 생활은 차츰 적응이 되어갔지만, 고양이 아저씨의 존재처럼 끝내 적응할 수 없는 것도 있었다. 수시로 들려오는 발정난 고양이들의 울음소리가 그랬고, 얇은 벽을 타고 넘어오는 이웃 노인의 가래 뱉는 소리나 커다랗게 틀어놓은 텔레비전 소리가 그랬다. 도대체 나한테 어떻게 이럴 수가 있어요, 어떻게? 하고 소리지르곤 하던 드라마의 주인공들. 그 시절의 드라마에서는 가난한 남자가 고시에 합격한 뒤 부잣집 여자를 만나기 위해 옛 애인을 버리는 일이 정말이지 빈번했다. 어머니와 아버지는 내가 해지와 어울리는 것을 탐탁지 않아했지만 상위권 성적을 변함없이 유지했으므로 대놓고 나에게 뭐라고 하지는 않았다. 부모님은 나를 좋은 사립 고등학교에 보내기 위해서 서울에 올라왔다는 말을 수시로 했다. 넌 장차 훌륭한 사람이 되어야지. 그런 말들은 끈끈하게 내 발바닥에 들러붙어 어디든 걸을 때마다 쩍쩍, 소리가 날 지경이었다. 부모님이 내게 입단속을 시켰으므로 나는 재개발될 예정이기 때문에 소금고개로 이

이야기였다. 그 아저씨는 왜소했고 수염을 제대로 깎지 않은 탓인지 인상이 퍽 무서웠는데, 우리 아버지보다 나이가 많은 것처럼 보였지만 실제 나이가 어떻게 되는지는 알 수 없었다. 해지는 내 이야기 속에 등장하는 인물이 누구인지 잘 알고 있었다. 그 아저씨는 무호의 집이 있는 골목에 사는 사람으로 오래전 큰 사고로 가족을 모두 잃은 후 동네의 고양이들을 찾아다니며 먹이를 주기 시작했다고 했다. 그 동네에 사는 동안 나는 그후로도 종종 고양이 아저씨—우리는 그를 줄곧 고양이 아저씨라고 불렀다—를 맞닥뜨렸다. 나는 다섯 마리, 여섯 마리, 열 마리의 더러운 고양이들이 특유의 냄새를 풍기며 한데 모여 있는 풍경과 술에라도 취한 것처럼 항상 눈에 핏발이 서 있던 아저씨가 무서웠다. 그렇지만 해지는 전혀 두렵지 않은지 나와 같이 있다가도 고양이 아저씨를 만나면 동네의 여느 아이들처럼 그에게 다가갔다. 심부름으로 아저씨에게 전이나 밑반찬을 가져다드리기 위해 서일 때도 있었지만, 대부분의 경우 노란색 줄무늬 고양이나 배와 입 주위가 하얗고 등이 검은 고양이를 쓰다듬으며 다른 고양이들이 아저씨가 덜어주는 사료를 먹는 모습을 쭈그리고 앉아 구경했다. 아무런 말도 없이. 나는 그들 곁에 다가가지 못하고 해지나 아저씨의 다리에 털을 묻히며 느릿느릿 지나다니는 고마른 체구에 귀여운 얼굴이어서 또래의 남자라기보다는 남동생 같은 느낌이었다. 게다가 세 명이나 되는 누나들의 생리대 심부름을 하며 자란 탓인지 무호는 여자아이들과 어울리는 것을 좋아했다. 무호는 동네의 다른 남자아이들과 달리 나에게 짓궂은 농담을 하지도 않았고 무엇보다 내 앞에서 욕을 하지 않았다. 우리는 점점 더 자주 어울렸다. 해지나 무호와 달리 나는 학교 앞 보습학원에 다녔기 때문에 그들이 놀고 있을 때 뒤늦게 내가 합류하는 식이긴 했지만.

해지와 둘이, 혹은 무호까지 셋이서 저녁 늦게까지 놀다가 해가 뉘엿뉘엿 질 무렵 집으로 돌아가기 위해 가파른 비탈을 올라 쇠락한 골목으로 접어들면 우리는 어딘가 숨어 있던 길고양이들과 어김없이 마주쳤다. 그곳엔 정말 수도 없이 많은 길고양이들이 살았다. 주차되어 있는 차 아래에 자리잡고 누워 있거나 무단 투기된 검은 봉투 주위를 기웃거리다가 사람들이 지나가면 소스라치게 놀라 어디론가 사라져버리던 길고양이들.

아마 해지와 친해진 지 얼마 되지 않아, 함께 집으로 돌아가던 어느 저녁의 일이었을 거다. 해지에게 그즈음 내가 보았던 기괴한 풍경에 대해 이야기한 것은. 그것은 동네 어귀의 공터에서 한 아저씨가 수많은 고양이들에게 둘러싸여 있던 장면에 대한

각자의 흰빛과 검은빛을 유지하며 나란히 흐른다는 남아메리카의 두 강줄기처럼, 서로 섞이는 법이 없었다. 그나마 내게 공부를 잘하는 재능이 있었고, 그것이 전학 간 뒤 처음 본 중간고사에서 증명되었기 때문에 나는 아파트에 사는 아이들과 어울릴 수 있었다. 그렇지만 나는 그들이 삼삼오오 모여 하는 그룹 과외에 속할 수 없었고, 무엇보다 그들과 나는 집으로 돌아가는 방향이 달랐다.

만약 내가 전학 간 학교에 해지가 없었다면, 나의 새로운 삶은 더욱더 암울했을 것이다. 그러나 외지에서 온 나를 경계하는 눈빛으로만 바라보던 아이들 틈에 해지가 있었고, 덕분에 나는 조금씩 새로운 환경에 적응해갈 수 있었다. 내가 해지와 친하게 된 것은 어쩌면 해지만이 이쪽과 저쪽, 어느 쪽에도 끼지 못한 채 어정쩡하게 있던 나를 배척하지 않은 유일한 아이였기 때문이다. 해지는 학교에 있을 때 그렇게 눈에 띄는 아이가 아니었고 오히려 조용한 편이었지만, 학교만 벗어나면 말수가 늘고 활달해졌다. 서울의 지리를 하나도 모르던 나를 인근 대학 앞의 패스트푸드점이나 영화관 같은 곳에 데리고 간 것도 해지였다. 우리 중학교에 붙어 있는 남자중학교에 다니던 무호가 우리와 함께하는 날도 많았다. 처음 봤을 때 무호는 키가 겨우 나만했고,

내가 전학을 간 학교는 지리적으로 우리 동네와 아파트 단지의 중간쯤에 위치해 있었다. 그렇기 때문에 학교를 이루는 구성원도 절반가량의 우리 동네 아이들과 절반가량의 아파트에 사는 아이들로 나뉘어 있었다. 부모님은 새 학교로 등교하기 전에 몇 차례나 내게 이왕이면 아파트에 사는 아이들과 친하게 지내라고 당부했다. 그러나 그런 당부를 할 수 있었던 것은 부모님이 한 번도 전학을 해본 적이 없기 때문임을 나는 이내 알게 되었다. 전학생에게는 친구를 선택할 권리가 전혀 없다는 것을 부모님은 미처 알지 못했다. 전학생으로 처음 교탁 앞에 서는 순간, 내게 쏟아지던 여든 개의 눈동자. 가늠하고 평가하여 어느 부류로 분류해야 하는지 판단하기 위해 재빨리 나를 훑던 눈길을 나는 오랜 세월이 지난 지금까지도 기억하고 있다. 새 학교에서의 첫날 나는, 교실 바닥에 침 뱉는 절반의 아이들에게 위화감을 느끼는 다른 절반의 아이들과 나 자신이 가깝다고 생각했지만, 같은 로고의 백팩을 메고 다니고 공부에 목숨을 거는 것은 시시한 일이라는 듯 수업시간에는 엎드려 자지만 각자 집으로 돌아가서는 과외수업을 받던 그 아이들은 내가 자신들과 다르다는 것을 쉽게 간파했다. 반 아이들은 언뜻 평화롭게 공존하는 듯 보였지만, 물리적 성질이 달라 합류 지점을 지난 뒤에도 아버지는 그렇게 말했다.

"그때까지, 불편하겠지만 온 가족이 힘을 합쳐 잘 살아보자."

언덕 저쪽을 빽빽이 메우고 있는 고층 아파트의 가지런한 창들마다 불빛이 투명하게 빛났다. 언젠가 나도 본 적 있는 조씨 아저씨는 이런 집들을 매입해 그즈음 서울에 아파트를 세 채나 가진 부자가 되어 있었다. 아버지는 대수롭지 않다는 듯 일 년, 혹은 이 년이라고 말했지만 나는 자신이 없었다. 그렇지만 아버지는 언제나 옳았으니깐. 나는 속으로 생각했다. 아버지를 따라 터덜터덜 옥상에서 내려오는 길, 계단을 밝히기 위해 전 주인이 달아놓은 백열전구 위로 하루살이들이 덧없이 부딪치고, 부딪쳤다가, 떨어졌다.

"어쨌거나 너는 공부만 지금처럼 열심히 해라. 나머지는 아빠 엄마가 다 알아서 할게. 서울에 온 것도 다 널 위해서잖냐."

아버지는 방으로 들어가려는 내 등에 대고 당부를 잊지 않았다. 방으로 들어가 고향에서 쓰던 이불의 익숙한 냄새를 맡으며 잠을 청했지만 잠은 쉽게 오지 않았다. 아버지와 어머니가 그날 늦게까지 집안 곳곳을 정리하며 만들어내는 작은 소음을 나는 이불 속에서 들었다.

"저기에 뭐가 보이냐?"

아버지가 손끝으로 서쪽 언덕 위를 가리켰다.

"아파트요."

나는 고향에 두고 온, 우리가 살던 아파트를 떠올리면서 퉁명스러운 말투로 답했다.

"그렇지. 저게 다 아파트다. 우리가 살던 아파트보다 몇 배나 비싼 아파트야. 이 동네에도 저런 아파트가 머지않아 들어설 거다."

그러니까 아버지는 그날 밤, 그 일대가 모두 소금고개와 같은 달동네 밀집 지구였는데 몇 년 사이 불량 주택 재개발 사업이 추진되면서 아파트 단지가 조성되었고, 소금고개가 그 지역에 남아 있는 유일한 달동네라는 이야기를 내게 전했다. 서울의 아파트는 너무 비싸서 어차피 네가 가진 돈으로는 전세밖에 구할 수 없을 거다, 그럴 바에는 재개발을 기다리는 것이 낫지 않겠냐, 는 친구 조씨 아저씨의 말이 아버지의 귀에 일리 있게 들렸다. 그래서 부모님은 부동산에 밝은 조씨 아저씨의 조언에 따라 서울로 이사를 오면서 허물어져가는 동네의 허물어져가는 집을 한 채 산 거였다.

"길어야 일 년 아니면 이 년일 거다."

상자를 끌어안은 채 부모님을 따라 조심조심 대문 안으로 들어섰다. 기분 탓인지 집안에 들어서자 하수구 냄새가 훅 끼쳤다. 어디선가 고양이 울음소리가 들려왔다. 이윽고 우리를 뒤따라 용달차가 집 앞에 도착하고, 인부들이 우리의 세간을 좁고 허름한 집안에 조금씩 들여놓았는데도, 나는 내가 앞으로 살아가야 할 곳이 이 집이라는 사실을 받아들일 수가 없었다. 집은 전에 살던 곳보다 턱없이 작은 크기의 단독주택으로, 두 개의 방과 하나의 거실로 구성되어 있었는데 거실 벽을 이루는 네 면의 너비가 균일하지 않아 바닥은 사다리꼴 형태를 띠고 있었다. 그나마 상당 부분은 안방에 들어갈 공간이 없어 거실에 덩그마니 놓은, 어머니의 오동나무 장으로 가려졌다. 소파는 들어갈 자리가 없어 결국 버리기로 했다. 누렇게 변색된 화장실 세면대, 물때가 낀 바닥 타일을 보는 순간 나는 고향에 두고 온 우리의 집이 그리워져 눈물이 날 것 같았다.

"재개발 때문이다."

그날 밤, 이삿짐을 대충 부려놓아 아직 어수선하던 안방에 들어가 정말 납득할 수 없다는 얼굴로, 우리가 왜 이런 집에서 살아야 하느냐고 묻는 나를 옥상으로 데리고 올라간 아버지는 그렇게 설명했다.

죽은 고양이를 처음 본 것은 내가 열여덟 살에서 열아홉 살로 넘어가던 겨울이었다. 눈 소식이 유난히 없었던 그해 겨울. 잣눈. 싸라기눈. 포슬눈. 국어사전에서 눈(雪)을 가리키는 서로 다른 이름들을 발견할 때마다 나는 눈이 오길 기다리는 마음으로 노트에 베껴 적으며 지루한 겨울을 나고 있었다. 우리 가족이 서울에 정착해 살기 시작한 지 삼 년 가까이 되어가던 시점이었다. 어쩌다 눈이 오면 하얗게 지붕을 갈던 낡은 집들과 골목 어귀에 죽어 있던 그 고양이는 더이상 이 세상 어디에도 남아 있지 않다. 그렇지만 그것들은 분명히 존재했다. 행정구역상 정식 명칭은 따로 있었지만 우리가 서울에 처음 올라와 살았던 동네를 그곳 주민들은 소금고개라고 불렀다. 옛날에 소금장수들이 고개 아래 나루터에서부터 소금을 지고 넘어다녀서 소금고개라고 불렸다는 말도 있었지만 가파른 고개를 넘다보면 땀이 비 오듯 쏟아져 옷자락에 소금이 생길 지경이라 그렇다는 말을 동네 아이들은 더 믿었다. 동네 아이들이 더 믿었다고, 나는 지금 쓰고 있지만, 사실 동네 아이들이 더 믿었는지 아닌지 나로서 알 길은 없다. 나에게 그 동네의 친구라고는 해지와 무호가 거의 전부였는데, 그들이 내게 그렇게 말했기 때문에 그런가 보다 지금까지 믿고 있을 뿐이다.

 소금고개에서 살던 시절에 대해서라면 사실 해지와 무호를 빼놓고는 이야기할 수가 없다. 그들은 갑자기 이사 간 나와 달리 아주 어렸을 때부터 그 동네에서 줄곧 자랐다. 같은 골목을 기저귀 차림으로 뛰어다녔고, 같은 초등학교를 졸업했다. 성별이 달라 중학교를 따로 다니긴 했지만, 그들 사이에는 소꿉친구들만 공유하는 친밀감이 있었는데, 그것은 시간이 만드는 대부분의 것이 그러하듯 공고해서 내가 끼어들 여지가 없었고, 그래서 가끔 나는 그들과 함께 있을 때 외로웠다. 그렇다고 해서 그들이 나를 소외했다거나, 내게 거리를 두었다는 의미는 결코 아니다. 오히려 그 반대였다. 그들은 새로운 생활에 적응하지 못하던 나를 적극적으로 맞이해주었던 소수의 사람들에 속했다. 나는 중학교 시절의 마지막 한 해를 해지와 같이 등하교하면서 보냈다. 해지 어머니는 처음엔 내게 별로 관심이 없었지만 내가 전학 간 그 학기에 치른 중간고사에서 전교 3등을 하자 우호적으로 태도를 바꾸었다. 돌이켜보면 그 동네 사람들 대부분이 우리 가족을 그런 식으로 대했던 것 같다. 처음에는 외지에서 왔기 때문에 우리를 경계하던 사람들의 태도는 차츰 우리 가족에 대해 알아갈수록 우호적으로, 그렇지만 조금은 거리를 둔 예의바름으로 바뀌어갔다.

"그건 너희 가족이 좀 있어 보여서 그래."

해지는 언젠가 그렇게 말했다. '있어 보인다'는 말이 무얼 가리키는지 정확히 몰랐지만 어렴풋이는 그 뜻을 짐작할 수 있었다. 우리 부모님은 아침마다 동네 골목을 마당비로 쓰는 유일한 사람들이었고, 꼼꼼히 분리수거를 했으며, 주말에는 고향에서부터 가져온 낡은 전축으로 팝송을 들었다. 그 동네에서 아버지는 정장 차림으로 출근하는 유일한 사람이었고, 그 동네의 아주머니들 중 고등학교를 졸업한 사람은 어머니밖에 없었다. 어머니는 가파른 티탈길을 오르내리며 시장에 다녀올 때마다 기미가 생길까봐 양산을 단정하게 받쳐들었다. 어머니가 가진 양산은 총 세 개였는데, 그것은 많은 개수가 아니었지만 적지도 않은 개수였다. 어거니는 그날의 옷차림에 따라서, 기분에 따라서, 하늘의 빛깔에 따라서 양산을 골라 들고 다녔다. 그 동네에 그러는 여자는 우리 어머니밖에 없었다. 그러니까 동네 사람들이 우리를 이질적이라고 느낀 것은 어찌 보면 당연한 일이었다. 내색은 않았지만 우리 가족 역시 우리가 동네와 어울리지 않는다는 사실을 누구보다 더 잘 알고 있었다.

그러니까 소금고개는 내가 그때까지 살아왔던 곳과는 완전히 달랐다. 우리가 이사하던 날, 아버지가 운전하는 차의 뒷좌석에 앉아 꾸벅꾸벅 졸다가 눈을 떴을 때 우리의 구형 엘란트라는 굽이굽이 이어진 좁다란 비탈길을 힘겹게 올라가고 있었다. 차창 너머로 단층의 낡고 허름한 집들이 줄지어 있는 풍경이 보였다. "엄마, 여기가 서울이야?" 내가 상상했던 서울의 모습과 달라도 너무 달랐으므로 나는 놀라서 눈을 크게 뜨고 물었다. 차는 한참을 더 올라간 끝에 멈춰 섰다. 어머니가 앞장서서 문을 열고 들어가서 나는 골목 안쪽, 청록색 대문의 집이 우리가 앞으로 살게 될 곳이라는 사실을 받아들여야만 했다. 때는 봄기운이 돌기 시작하는 3월 중순이었고, 유난히 맑은 날이었다. 눈부신 햇살 속에서 칠이 벗어진 담벼락과 동그란 엉덩이를 내놓고 아무데나 주저앉는 아이들의 오줌 자국이 길바닥 여기저기에 말라가던 골목은 서글프리만큼 초라했다. 나는 안에 든 것이 깨질까봐 이삿짐 트럭에 싣는 대신 서울까지 직접 들고 온 종이

고요한 사건

바실리 칸딘스키의 그림 〈고요한 사건 Évènement doux〉(1928)에서 제목을 빌려왔다.